Francine Ruel

Née à Québec, Francine Ruel a fait ses études au Conservatoire d'art dramatique de Québec où elle a obtenu le prix Jean-Valcourt. Cette bourse d'études d'un an lui a permis de séjourner en France, en Suisse et en Italie. Et c'est là qu'elle a commencé à écrire.

Elle a joué dans *La ligue nationale d'improvisation* pendant plusieurs années et elle est la seule fille de l'équipe d'auteurs de la pièce *Broue*.

Elle joue au théâtre, à la télévision et au cinéma; elle donne des stages d'improvisation et d'écriture; elle écrit des paroles de chansons et des scénarios pour la télévision et pour le cinéma. Pour la télévision, elle a écrit des dramatiques et plusieurs séries pour les jeunes, dont *Pop Citrouille* et *Court Circuit*. Une de ses pièces de théâtre, *Les sables émouvants, tango*, traduite en espagnol, sera bientôt montée à Buenos Aires, en Argentine.

Quand elle ne travaille pas, Francine Ruel trouve le temps de faire de la sculpture et de danser — elle raffole du tango. Elle aime beaucoup être entourée de jeunes. Elle a d'ailleurs écrit ce roman sous les regards complices de son fils et de ses amis. *Des graffiti à suivre...* est le premier roman qu'elle publie à la courte échelle.

Francine Ruel

Des graffiti
à suivre...

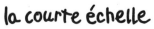

Les éditions de la courte échelle inc.

Les éditions de la courte échelle inc.
5243, boul. Saint-Laurent
Montréal (Québec) H2T 1S4

Illustration de la couverture:
Sharif Tarabay

Conception graphique:
Derome design inc.

Révision des textes:
Odette Lord

Dépôt légal, 3e trimestre 1991
Bibliothèque nationale du Québec

Données de catalogage avant publication (Canada)

Ruel, Francine, 1948-

    Des graffiti à suivre...

    (Roman+; R+17)

    ISBN 2-89021-166-5

    I. Titre.   II. Collection.

PS8585.U49G72 1991   jC843'.54   C91-096399-1
PS9585.U49G72 1991
PZ23.R83Gr 1991

À Étienne et Laurence.

*Et à Jérémie, Mélissa,
Annie, Cora, Catherine F.,
Catherine L. et Julie.*

Et au chien Tuxedo.

Chapitre 1

Lucas Berthiaume est demandé...

— On demande Lucas Berthiaume au bureau du directeur.

Je suis tranquillement installé à écouter les principes de géométrie dans l'espace quand cette phrase résonne dans la classe et, je dois ajouter, directement dans mes oreilles, puisqu'elle m'est personnellement adressée.

Je suis à des années-lumière de me douter de tout ce que cette simple petite phrase va provoquer dans ma vie.

La classe entière se tourne d'un mouvement uniforme dans ma direction. En général, ça va très mal quand un élève est appelé chez le directeur. Je crois voir le regard de chacun se transformer en un gigantesque point d'interrogation. Qu'est-ce que le directeur peut bien vouloir à Lucas Berthiaume?

Et dans ma tête se bouscule allègrement le même type de phrases sans réponse, du genre: «Qu'est-ce que j'ai bien pu faire pour qu'on m'appelle... au bureau du directeur un lundi, et surtout à 15 h 22... alors que les cours vont se terminer dans quelques instants à peine?»

Je sors tout de même de la classe pour répondre à l'appel. Remarquez que ça fait un peu mon affaire. J'ai horreur des mathématiques. Me voilà sauvé par la voix. Souvent, c'est par la cloche, cette fois-ci, c'est par une petite voix aiguë qui n'arrête pas de me réclamer.

— On demande Lucas Berthiaume...

Bon! Ça va... j'arrive. Pas de panique à bord! Qu'on me laisse seulement le temps de descendre les quatre étages qui me séparent du bureau du directeur.

Dans cette école, plus on est jeune et au début du secondaire, et moins on a de marches à monter et à descendre.

Qu'est-ce qu'on peut bien me reprocher? Il me semble que je n'ai rien fait de particulier. Je dirais même que je me tiens plutôt tranquille, ces temps-ci.

Voilà! Je l'ai, ma réponse. Le problème, c'est que je suis trop tranquille. Ça les intrigue... et ils veulent en savoir davantage. Ou alors...

— On demande Lucas Berthiaume au bureau du directeur.

Ils ne pourraient pas mettre une sourdine à l'interphone? Tout le monde va être au courant de mon expédition chez le directeur!

Et j'aimerais bien que la dame à la voix pointue m'appelle comme il faut.

— On demande *Luca* Berthiaume...

C'est Lucas que je m'appelle. Ça s'écrit *Lu,* mais ça se prononce *Lou.* Et normalement, on devrait prononcer le *s* de *cas. Lucas.* Je sais, comme prénom j'ai eu le gros lot, mais j'ai fini par m'y habituer.

Remarquez, j'ai déjà vu pire. Fleur-de-soleil, Lune-Colline, Marie-Octobre, Jean-Philippe-Antoine. Sans compter les doubles noms de famille qui s'ajoutent aux prénoms composés.

Dans quelques années, les historiens vont se demander ce qui a pu se passer à la fin de ce siècle pour que tout le monde se prénomme de façon si compliquée.

Mon meilleur ami s'appelle, tenez-vous bien, Paul-Emmanuel Dubois Taillefer! Faut le faire! Nous, on a coupé au plus court et on l'appelle Bobby. Je sais, ça n'a rien à voir avec son vrai prénom, mais ça nous facilite drôlement la vie.

Nos parents ne se sont vraiment pas creusé la tête pour nos prénoms. Ils voulaient être sûrs qu'on ne passe pas inaperçus. Dans mon cas, c'est réussi!

On m'a seulement épargné du côté du nom de famille. Ils ont dû penser que Lucas, c'était déjà une trouvaille!

Et je n'échappe pas à la règle des ados de valises: mes parents se sont séparés quand j'avais quatre ans. J'en ai quinze, bientôt seize.

Mais pour l'instant, je suis un adolescent vivement recherché par la direction de son école.

— On demande Lucas...

La voix continue de m'appeler. Je m'arrête un instant devant la fenêtre qui donne sur la rue, fenêtre qui ne s'ouvre pas, il va sans dire!

Vérifiez celles de votre école, je suis convaincu que c'est la même chose.

C'est fermé à double tour toute l'année même quand on crève dehors. C'est pour réduire les pertes d'énergie, à ce qu'il paraît. Mais je soupçonne l'école de vouloir conserver, en plus de la chaleur, l'attention des élèves pendant les périodes de cours.

C'est plus difficile de rêver et de s'envoler par une fenêtre fermée hermétiquement!

Je regarde donc par la fenêtre. Il fait beau. L'arbre est enfin plein de feuilles neuves. J'ai comme un malaise et je ne sais pas pourquoi. On dirait qu'il manque une pièce importante dans le paysage. Je constate pourtant que tout a l'air en place. Les voitures qui passent, les mères avec les poussettes... la routine habituelle à cette heure! Mais il y a quelque chose qui m'échappe...

Je n'ai pas le temps de continuer mon raisonnement que le surveillant d'étage me pointe du doigt:

— Berthiaume! Qu'est-ce que vous faites à traîner dans les corridors?

— Un. Je ne traîne pas et deux...

Une fois de plus, me voilà sauvé par la voix.

— On demande Lucas Berthiaume...

— Deux, c'est moi.

De l'index, je pointe l'interphone et ensuite, je me pointe, moi. Résultat, il me laisse passer.

Je pousse la porte du secrétariat de la direction et là, je me trouve nez à nez avec la voix. Et je suis en face d'une souris. Pas une souris d'ordinateur, là, non, non, une vraie souris, un animal.

Cette fille a le nez pointu, des dents très longues et proéminentes ainsi qu'une toute petite bouche pincée. Il ne lui manque que les moustaches. Ses cheveux sont tellement tirés en arrière qu'elle en a les yeux en amande, et à cause de cela on ne voit que ses oreilles pointues. Une souris, je vous dis!

Une tête et une voix qui vont bien ensemble, quoi!

— On demande...

— Oui, c'est moi, Lucas Berthiaume.

Qu'est-ce qui se passe? Qu'est-ce qu'il y a? Qu'est-ce que j'ai fait? Qu'est-ce que vous me voulez? J'étais en classe et vous m'avez dérangé, j'espère pour vous que c'est important!

Bien sûr, je n'ajoute rien après le «oui, c'est moi», il va sans dire! J'insiste seulement sur le *Loucas!*

Superflu d'ailleurs, puisqu'elle enchaîne tout de suite, en grignotant ses mots.

— Ah! c'est vous!

Il y a quelque chose de déçu dans sa voix de souris. Elle s'attendait peut-être à voir arriver Mickey Mouse... allez savoir avec les filles souris!

Puis elle me remet une série de feuilles à remplir en cinquante-sept copies, je crois.

— À remplir le plus rapidement possible et à rapporter au bureau. La copie verte pour vos parents, la bleue pour l'infirmière, la jaune pour le secrétariat, la blanche pour...

Je ne comprends pas bien la suite de couleurs. Je n'écoute que mon coeur qui fait moins de bruit dans ma poitrine.

Ils m'ont fait appeler pour ça! Et moi qui croyais...

La souris poursuit de façon aussi monotone:

— ... la grise pour la commission scolaire et enfin, la rose pour votre titulaire.

Quand je pense que cet appel à l'interphone m'a plongé pendant les cinq dernières minutes dans une angoisse épouvantable. Après ça, les adultes diront qu'on ne fait pas attention à notre santé, alors qu'ils jouent au yo-yo avec nos nerfs.

La sonnerie de la fin des cours me surprend avec mes feuilles de toutes les couleurs entre les mains.

Je n'arrive pas à croire que tout ce que le directeur voulait, c'était que je remplisse les formulaires pour avoir la permission de quitter l'école plus tôt le vendredi, car j'ai un cours de saxophone.

Je remercie la souris et je file vers l'escalier en m'efforçant d'arriver avant la catastrophe imminente: trop tard.

Les 849 élèves de l'école déboulent les escaliers en même temps que le 850e, en l'occurrence, moi, essaie de les remonter pour aller récupérer ses cahiers et ses livres restés en classe. Après ça, on dira que la vie d'un ado de quinze ans, c'est de tout repos!

Je réussis à franchir le premier étage sans trop de peine... le deuxième me donne du fil à retordre, ne me parlez pas du troisième (je commence à comprendre le drame des saumons qui remontent les rivières à contre-courant)... et rendu au quatrième étage, alors que je m'engage sur le dernier palier, je tombe nez à nez avec... Elle.

Elle, c'est... je ne sais même pas qui elle est. Sauf qu'Elle est... wôw! C'est... je... Elle est rousse, rousse, rousse. Des cheveux partout! Des yeux... deux sûrement! Mais de quelle couleur? Difficile à dire parce qu'elle regarde par terre à la recherche de mes centaines de documents à faire signer par... la terre entière, et qui se sont répandus sur le palier du quatrième.

Il y a de ces accidents dans la vie!

Je remercie tout bas la souris de m'avoir appelé à l'interphone avec tant d'insistance. Si elle ne l'avait pas fait, je ne me serais jamais trouvé coincé avec Elle.

La dernière classe nous passe dessus en continuant sa descente. Nous, on reste à quatre pattes à ramasser la tonne de papiers.

J'essaie désespérément d'adresser la parole à cette fille depuis le début du semestre, et maintenant qu'elle est là, tout près de moi, je ne trouve rien à lui dire.

Il n'y a plus de papiers par terre, mais elle regarde encore le plancher. Puis elle se lève et me lance:

— Bye, Lucas.

Mais avec le *Lou* de Lucas et en ajoutant le *s* à la fin de mon prénom.

Et l'instant d'après, elle n'est plus là. Il n'y a plus, autour de moi, que le grand silence quand les classes sont vides.

Je me relève avec ma-pile-à-faire-signer-par... je rentre dans ma classe, je ramasse mes trucs, je me retape les quatre étages en sens inverse, mais cette fois avec le coeur qui bat fou, qui bat roux.

Entrée principale, sortie, trottoir et c'est

à cet instant seulement que je réalise ce qui n'allait pas tout à l'heure quand je regardais par la fenêtre.

Ce qui manquait, ce qui manque encore dans le décor: Gros Chien Sale n'est pas là à m'attendre sur le trottoir devant l'école, comme c'est toujours le cas depuis qu'il fait partie de ma vie.

Chapitre 2

À la recherche du chien perdu

Je suis allongé sur mon lit. Il y a bien la pile de devoirs qui m'attend sur mon bureau. Mais je n'ai pas le courage de lever le petit doigt.

Ce n'est pas tant la disparition de Gros Chien Sale qui m'enlève toute mon énergie que ce qui me trotte dans la tête.

Un écran de cheveux roux m'empêche de penser à autre chose. Et une odeur aussi. La sienne.

Je sais, en principe, dans la tête ce sont des pensées qu'on a, pas des odeurs. Mais à force d'avoir été élevé derrière des fenêtres fermées, j'ai été obligé de développer la mémoire de l'odorat.

La preuve: je ferme les yeux, je la vois, et ça sent bon. Une odeur de feuilles rousses et de lait chaud. Du caramel. Ça sent l'automne en plein printemps.

Cette fille vient de me faire sauter une

saison d'un seul regard. Je me demande bien ce qui va se passer dans l'atmosphère lorsqu'elle va ouvrir la bouche ou bouger les doigts ou...

J'en suis là dans mes pensées quand un ouragan se jette sur moi. Un ouragan que je n'ai pas entendu entrer dans ma chambre. Un ouragan qui s'appelle Lili et qui sent la gomme *balloune* aux raisins à plein nez.

— *Jje t'ai ffait ffaire un ssaut, hein?*

— Oui, un *ssuper gros ssaut.*

Elle est ravie. J'aime bien lui laisser croire des petites choses comme ça, même si ce n'est pas vrai.

Elle est drôle, Lili. Elle a six ans. Et il lui manque encore deux dents en avant, ce qui fait qu'il y a plein de *sss* qui traînent dans sa bouche quand elle parle.

C'est ma soeur. Enfin, ma demi-soeur. Mais j'aime mieux dire que c'est ma soeur. Comme elle est haute comme trois pommes, si je l'appelle ma demi-soeur, ça ressemble trop à demi-pomme.

Lili, c'est la fille de mon père et d'une autre fille... que ma mère.

Mon père, c'est un clown. Non, sans blague. C'est un vrai clown. Il travaille dans un cirque. Le Cirque de la Pleine Lune. Il fait le clown, et on le paie pour ça. Je sais, ça ne fait pas très sérieux, mais on a les parents qu'on peut.

Vous devriez voir la tête des gens quand je remplis des formulaires d'inscription et que je dois mentionner le métier de mon père. Ils sont convaincus que je me moque d'eux.

Un peu comme mon ami Bobby qui, au lieu d'inscrire «masculin» à la case sexe comme tous les gars, s'amuse à écrire: «Pas encore, mais ça ne saurait tarder!!» Il ne rêve que du jour où il pourra enfin écrire: «Ça y est, c'est fait!»

Pour en revenir à l'ouragan, Lili ne vit pas chez nous mais, comme on habite le même quartier, elle vient souvent faire son tour. Elle fait partie de la famille. Ma mère a gardé des relations plus qu'amicales avec mon clown de père, ce qui fait qu'on se fréquente souvent sans qu'il y ait de problèmes.

Et lui, il continue de nous faire rire, et Lili continue d'envahir ma chambre.

Pour l'instant, elle touche chaque objet dans cette pièce. Elle le soulève et le déplace.

Ça doit être sa façon de s'introduire

dans l'univers des autres.

— Où t'as mis ton *sschien?*

Gros Chien Sale! Je l'avais complètement oublié, celui-là.

Je me moque un peu d'elle.

— *Gros Sschien Ssale* euh!... je l'ai *cassché* dehors.

Je sais très bien que ce n'est pas vrai, ce serait plutôt lui qui joue à cache-cache. Mais il faut parfois ménager les petites personnes quand on a de grosses nouvelles à leur apprendre.

Il sera toujours temps de lui dire la vérité.

Il va falloir également que j'annonce ça à ma mère. Elle va sûrement faire une scène et me dire que je perds tout. Non pas qu'elle aime particulièrement ce chien. Moi non plus, d'ailleurs.

C'est un chien qu'on a reçu en cadeau, bien que ma mère prétende qu'il n'est vraiment pas un cadeau!

L'histoire est simple, si on peut appeler ça comme ça. Ma tante Loulou, avant de partir vivre au Japon, m'a mis sa chienne enceinte dans les bras, en me déclarant, fière de sa trouvaille:

— Tiens, mon petit Lucas, c'est pour toi. Le bébé chien que tu veux est dedans.

Je n'avais même pas eu le temps de lui dire que je ne voulais pas de chien qu'elle avait pris la poudre d'escampette. C'est son genre.

Ma mère ne voulait pas plus que moi de ce futur chien. Mais bon, la chienne était sur le point d'accoucher, et on a attendu de voir le résultat. On a gagné le gros lot: elle a eu six chiots.

Ma mère s'arrachait les cheveux. Ça lui arrive souvent quand une situation la dépasse. Je me demande comment elle fait pour en avoir encore autant sur la tête.

Finalement on a trouvé quelqu'un qui a repris la mère (pas la mienne, mais la chienne) et les petits, et on en a gardé un. C'était le plus petit, le plus poilu, le plus noir et le plus mignon, bien entendu. Mais aussi le plus baveux. Ça, on n'était pas encore au courant.

Vous savez, mon chien, c'est le genre d'animal qui, une fois adulte, devient énorme, avec des poils jusqu'à terre et des grands yeux nonos... et qui vous regarde sans arrêt la gueule grande ouverte en ayant l'air de supplier pour avoir quelque chose à manger.

Vous vous imaginez facilement le chien.

L'imaginer, ça peut toujours aller, c'est vivre à ses côtés qui n'est pas de tout repos.

Pour vous donner une petite idée, c'est le genre de bête qui vous oblige à changer de souliers deux, trois fois par jour... parce que s'il reste trop longtemps près de vous, vous avez les pieds couverts de bave. Baveux, c'est d'ailleurs son vrai nom. Gros Chien Sale, c'est venu plus tard, le jour où ma mère s'est fâchée contre lui parce qu'il ne voulait absolument pas se déplacer, alors qu'elle essayait de passer l'aspirateur.

— Je suis rentrée.

C'est ma mère qui arrive.

Lili et moi, on va rejoindre Nicole dans la cuisine. Et on prépare le repas.

Lili fait un dégât pas possible en voulant *cassser les ssoeufs, ttoute sseule.*

On parle de tout et de rien. Je n'ai d'ailleurs jamais autant fait les frais de la conversation que ce soir. Je veux absolument éviter le sujet Gros Chien Sale, parce que, je dois bien l'avouer, je suis inquiet. Ça fait cinq ans que ce chien est avec nous, et jamais il n'a disparu comme ça. Et puis j'ai horreur d'annoncer les mauvaises nouvelles. Je ne pourrais jamais être annonceur au téléjournal.

— *Nicole, jje pense que Lucass, il a perdu le Gros Sschien Ssale dans une casschette.*

Bravo! Je suis bien obligé d'avouer la disparition du chien.

Si les coquilles d'oeufs n'avaient pas été à la poubelle, je les aurais fait avaler à Lili.

Et comme je m'y attendais, la première chose que ma mère me dit, c'est:

— Mais Lucas, où as-tu la tête, tu perds tout?

Comment expliquer à sa propre mère qu'un chien pareil, c'est assez gros pour se perdre tout seul... et que depuis cet après-midi, tout ce qu'il y a dans ma tête, c'est une chute de feuilles rousses qui sentent le caramel?

Et là, l'impayable petite Lili a l'idée de génie d'aller parcourir les rues du quartier, après le repas, à la recherche du monstre poilu.

Au début, je refuse catégoriquement.

— Aye! on va se faire massacrer.

— *Sse ffaire masssacrer, comment ssça?* s'écrie Lili.

Ma mère non plus ne comprend pas.

— On va avoir l'air fins. On va dehors et on crie à qui veut nous entendre: «BA-

VEUX, Gros Chien Sale!!!»

Je n'ai nullement envie de me retrouver en mille morceaux. Je suis un peu costaud, mais une provocation de ce genre, c'est la mort assurée.

J'imagine la manchette: «Jeune adolescent retrouvé sans vie après avoir crié des gros mots à ses voisins!»

J'aime bien vivre dangereusement, mais il y a des limites!

Nicole trouve une solution de rechange. On descend tous les trois dans la rue. Ma mère fait le guet pour s'assurer qu'il n'y a personne en vue, et à ce moment-là, elle nous fait signe. Alors, Lili et moi, on appelle le chien vite, vite, vite.

— Gros Chien Sale... Baveux... Baveux... Baveux... *Gros Sschien Ssale*.

On est quand même totalement ridicules. Mais nos vies ne sont plus en danger. Tout ce que j'espère, c'est que ce foutu chien se montre le museau au plus vite et qu'aucun de mes amis ne se montre la face dans les parages.

Deux heures à faire les zouaves dans la rue sans résultat! Après ça, ma mère est retournée à la maison, et je suis allé reconduire Lili chez mon père. Il était en colère parce que je ramenais Lili beaucoup trop tard étant-donné-que-cette-petite-a-de-l'école-demain, où avais-je la tête donc?!

Qu'est-ce qu'ils ont tous après ma tête depuis quelque temps?!

Mais c'était bien quand même. Ça faisait longtemps que je n'avais pas ri autant.

Quand on grandit, on oublie trop vite que ça fait du bien de se rouler sur le plancher, tellement c'est drôle. C'est ce que Lili et moi, on a fait.

Mon père ne s'était pas rendu compte qu'il avait encore son nez rouge. Et Lili et moi, on s'est tordus de rire une bonne demi-heure pendant qu'il essayait de me faire la morale sur mon comportement d'adolescent irresponsable.

Puis Lili a insisté pour que je l'endorme. Je crois qu'elle m'aime bien. Comme dit mon père, je suis son idole. Après Snoopy, évidemment.

Alors, grand verre de lait, petit pyjama à pattes avec des *sschiens ssausscissses desssus, et plussieurs ssauts* dans le lit...

— *T'as-tu une blonde, Lucass?*

— Chut! Lili *ssça ssufffit!* C'est le temps de faire dodo, là. Ferme tes yeux... et ta bouche.

— *Dis-le. T'en as-tu une?*

En désespoir de cause, je lui ai dit que oui, j'en avais une, même si je venais juste de la rencontrer, pour qu'elle s'endorme enfin et me laisse partir.

— *Ssc'est quoi sson nom?*

— Je ne le sais pas.

Elle n'est pas longue à réagir, la petite *ssorsscière*.

— *Hein! Ssça ss'peut pas! T'as une blonde et tu ssais même pas sson nom?*

C'est là que j'ai réalisé que je ne savais pas son nom! Je me suis engagé auprès de Lili à faire des recherches le plus rapidement possible. Il y va de mon intérêt, à moi aussi.

Avant mon départ, mon père m'a demandé comment allait ma vie ces temps-ci. Je lui ai parlé de la disparition de Gros Chien Sale et de l'air ridicule qu'on avait à crier dans la rue après lui. Ça l'a fait rire. Pas assez pour se rouler sur le plancher, mais suffisamment pour que ça en vaille la peine.

J'étais content. Avec lui, c'est difficile de réussir ça.

Il est plus de 20 h 30. Et mes devoirs ne sont pas encore faits. Je rentre à la maison.

En marchant sur le trottoir, je ne peux pas m'empêcher de regarder dans les ruelles, près des galeries, à la recherche du gros tas de poils.

Bon, vous me direz, c'est quoi le drame d'avoir perdu Gros Chien Sale?! Après tout, je n'ai pas l'air d'y tenir tant que ça. Et de la façon dont je l'ai décrit (et je jure que je n'ai pas exagéré), il n'y a pas grand monde qui aurait envie de s'inquiéter de la perte d'un monstre pareil.

Tout ce que je peux répondre à ça, c'est que je me suis habitué à cette bête embêtante, décourageante, parfois dégoûtante et surtout envahissante.

Chaque fois qu'on a pensé à s'en débarrasser, je me suis senti coupable à la dernière minute.

D'après ma mère, je tiens ça de mon père qui est incapable de se défaire de ses vieilles affaires. Il conserve tout au cas où.

Et puis j'ai déjà lu quelque part que le propre de l'adolescence, c'est d'être plein de contradictions. Je suis donc un vrai adolescent.

Je réalise tout à coup que ce chien fait un gros trou dans ma vie. Il a toujours été là, et parce que soudainement il n'y est plus, ça fait un trou. Dans son cas, un trou énorme!

Non mais, c'est fou quand même! Je me surprends à penser à ma blonde-rousse-sans-nom-pour-le-moment. Je me rends compte qu'il y a quelques heures à peine, elle n'existait pas vraiment pour moi et voilà que maintenant, elle prend presque toute la place.

Peut-être que la vie, ce n'est que ça. Un jeu de vides et de pleins. Paul Giguère, le prof de chimie, serait sûrement content de ma théorie.

— Bravo, Berthiaume! Enfin quelque chose d'intelligent dans cette tête de noeud!

Alors, à tout hasard, je fais un crochet par la rue de l'école au cas où le chien y serait. C'est le genre à être encore là, assis sagement sur le trottoir dans une mare de bave.

Pas de chien dans la cour d'école. Mais à la place, à sa place habituelle je devrais dire, je vois cette inscription en grosses lettres phosphorescentes: «Gros Chien Sale».

Et je suis convaincu que ce message m'est personnellement adressé. À cause du chien, bien sûr.

Qui a pu écrire ça? Ça n'y était pas cet

après-midi, je serais prêt à le jurer. Et c'est récent parce que la peinture n'est pas complètement sèche.

Donc, quelqu'un est au courant de la disparition de Gros Chien Sale. Peut-être que quelqu'un veut me faire signe? Mais qui?

Je me pose une tonne de questions tout en me dépêchant de rentrer chez moi, sinon ma mère va croire que, moi aussi, je suis porté disparu. Et elle est là, au coin de la rue. C'est elle. C'est la fille rousse. Je l'ai reconnue malgré la pénombre.

Je m'apprête à courir vers elle, mais je me retiens à temps. Il ne faudrait pas qu'elle s'imagine que... qu'elle me fait de l'effet, même si c'est le cas.

Je marche donc de façon décontractée. Plus je m'approche et plus je réalise qu'elle n'est pas seule. En effet, elle est accompagnée d'une meute de chiens de toutes les couleurs qu'elle retient par une série de laisses.

Qu'est-ce qu'elle peut bien faire avec tous ces chiens? Ils ne sont quand même pas tous à elle? Il y en a au moins sept ou huit.

Et tout à coup, parmi ce tas de poils, il me semble en apercevoir un qui est énorme, noir et baveux, et qui ressemble étrangement à...

Mais elle tourne le coin et se sauve à grandes enjambées.

Qu'est-ce que je lui ai fait?

Je ne sais pas si c'est à cause de moi ou des chiens qui la tirent qu'elle est partie si vite. Toujours est-il que je la vois s'éloigner dans la rue mal éclairée, traînée par un mammouth multicolore à têtes multiples.

Je reste une fois de plus tout seul avec du roux partout sur moi. Mais aussi avec une horrible question: «Est-ce que ma blonde rousse qui n'est pas encore *ma* blonde, et dont je ne sais toujours pas le nom, qui sent encore le caramel, malgré ce que j'ai vu, serait une voleuse de chiens?»

Chapitre 3

Un nom de groupe
et un nom de fille

Mlle Beloeil, qu'on appelle aussi Coque'l'oeil, nous distribue les copies du dernier test d'histoire.

Eh bien! Heureusement pour lui, Jacques Cartier n'est pas là pour voir ce qu'on a fait de ses découvertes!!!

— Ça sera à revoir, quoi! nous annonce-t-elle, un petit sourire au coin des lèvres.

En français, ça signifie: double devoir d'histoire, ce soir. Flûte! On doit répéter tout à l'heure.

Du fond de la classe, Bobby me fait une grimace qui en dit long. C'est plein de gros mots là-dedans et une chance qu'il ne crie pas parce que les lunettes de Beloeil-Coque'l'oeil éclateraient en mille miettes.

Bobby, ce n'est pas son fort, l'histoire. Il serait plutôt doué pour la *base,* mais malheureusement pour lui, ça ne fait pas encore partie du programme scolaire.

Moi, ce que j'ai en horreur, ce sont les maths. Je pense que je l'ai déjà dit. Mais je pense que je ne le dirai jamais assez.

L'histoire, ça peut toujours aller. Ah! s'il n'y avait pas tant de dates à retenir... J'ai déjà de la difficulté à me rappeler l'anniversaire de mon père alors, comment voulez-vous que je sache quel jour Chose a mis le pied en Canada!

La date de l'anniversaire de ma mère, j'ai fini par la retenir. C'est simple, elle m'a menacé de ne plus me donner de cadeau à ma fête si je l'oubliais encore une fois. Dans ces moments-là, un gars a de la mémoire.

La sonnerie de la fin du cours nous libère. Bobby me fait signe qu'il m'attend dans le corridor. Je me dépêche de ramasser mes trucs parce que je veux essayer de revoir la rousse.

J'ai appris qu'elle était en même année que moi, donc au même étage, mais je ne sais pas dans quelle classe. Il y en a trois.

Mlle Beloeil m'attrape au passage.

— Lucas, qu'est-ce qui se passe? Vous aviez de bien meilleures notes...

— Je sais, mademoiselle, je vais me reprendre.

Elle continue en me retenant par le bras,

pendant que moi, je m'étire le cou vers le corridor. Je souhaite tout bas qu'elle fasse ça vite, les classes se vident et je vais manquer ma rousse.

— Vous êtes moins attentif qu'avant. Ça va vous jouer un vilain tour. Peut-être que la disparition de votre chien vous cause du souci?

Je me tourne carrément vers elle. Comment ça se fait qu'elle sait ça, elle?!

— Qui vous a dit ça?

Je deviens paranoïaque. Je vois des voleurs de chiens partout.

— Personne. Mais j'ai entendu certains de vos amis en parler, ce matin.

— Ah bon!

Les nouvelles vont vite. C'est peut-être mieux ainsi. Plus il y aura de monde au courant et plus ce sera facile de retrouver la bête. Pourtant ça m'étonne parce que je n'en ai parlé qu'à Bobby.

Coque l'oeil ne me lâche plus. Elle veut être aimable avec moi, mais du même coup, elle me fait perdre la seule occasion que j'ai de rejoindre la rousse.

— C'est dur, la disparition d'une bête qui nous est chère. Moi aussi, j'ai perdu un petit épagneul que j'aimais beaucoup. Il s'appelait Pouppy.

C'est à peine si je l'écoute.

De la porte, Bobby me fait des grands signes en me montrant sa montre.

Heureusement que Beloeil ne voit pas les gestes qu'il fait. Je suis obligé de faire un effort pour ne pas pouffer de rire.

— C'est quoi son nom? ajoute-t-elle, parce qu'elle en est encore à l'histoire du chien.

— Hein? Euh!... je... Je dois m'en aller, j'ai... je dois aller... refaire mon devoir.

Et je me sauve à toutes jambes. Fiou!

Et bien sûr... le corridor est vide. Et bien sûr... pas de fille rousse en vue.

Flûte! Si ça continue, je ne saurai jamais qui est cette fille et ce qu'elle faisait hier soir avec sa série de chiens...

— Ça a bien été long! Moi, ça ne me dérange pas, mais on a juste deux heures pour répéter. Après ça, c'est Les Bons à Rien qui prennent le local.

On dévale les escaliers. Pas de fille rousse à la sortie.

Et pas de chien qui m'attend sur le trot-toir. Le message d'hier a été effacé. Je nage en plein mystère et je ne suis pas doué pour le suspense. C'est dire que je suis en train de me noyer dans cette histoire.

On se dirige vers la maison des jeunes où se trouve notre local. Gégé est déjà là, Alex aussi.

Ça nous prend toujours un certain temps pour nous installer. Il y a toujours quelque chose qui cloche. Des fils qui manquent, qui sont mal branchés, ou un micro qui ne fonctionne qu'une fois sur deux.

Il faut dire qu'on n'est pas des professionnels. Pas encore. Mais ça s'en vient.

Le problème, c'est qu'on a souvent changé de musiciens. Et puis, on n'a pas beaucoup de temps pour répéter. On n'a pas trouvé de chanteuse non plus. Bobby est à la *base,* Gégé à la guitare, Alex à la batterie et moi au saxophone.

Pour le moment, on a deux chansons (et on répète toujours les deux mêmes) mais deux bonnes, par exemple. Il faut quand même commencer quelque part.

Le reste du temps, on se cherche un nom de groupe. Ce n'est pas simple, un nom. Le frère de Gégé qui a un groupe qui marche fort dit qu'on passe plus de temps à chercher un nom qu'à jouer.

Pour l'instant, notre groupe se nomme Les Perdus, mais ça ne fait pas encore l'unanimité. Pendant un certain temps, on s'est appelés Les Indécis; ça nous allait pas mal, compte tenu de la rapidité avec laquelle on prenait nos décisions.

On a essayé Les Branchés, Les Débranchés, Les Ados, mais dans dix ans, Les Ados, ça poserait un problème. On a pensé aussi s'appeler Affreux, Sales et Méchants... mais comme Les Parfaits Salauds, Vilain Pingouin et La Sale Affaire existent déjà, on cherche toujours.

Mon saxophone émet un son atroce. Protestations véhémentes de la part du groupe!

— Ah! ça va, Lucas... Fais quelque chose. L'horreur! Si tu ne sais plus jouer, on va te remplacer.

Bobby en profite pour faire une imitation de Mlle Beloeil.

— Mon petit Lucas, vous manquez de concentration. Est-ce que ce serait à cause de la perte irréparable de votre gros toutou? De votre chien sale?

— Hein? Tu as perdu Gros Chien Sale? me demande Alex, à moitié caché derrière ses cymbales.

— Ah! tu n'étais pas au courant?

Bobby lui raconte la disparition du chien

sans oublier la séance de cris en pleine rue que je lui ai racontée, ce matin. Tout le monde se tord de rire, bien sûr. Il y ajoute plein de détails, mime certains moments comme s'il avait été là.

Je dois avouer que si on avait l'air de ça, il y a de quoi rire. Il devrait être acteur, ce gars-là.

Il ne fait aucune mention des graffiti que j'ai vus, à la place de Gros Chien Sale, hier soir, pour la bonne raison que je ne lui en ai pas parlé. Je préfère garder ça pour moi. Je ne sais pas pourquoi d'ailleurs. Mais à les regarder se tordre, j'aurais dû me taire.

On a finalement repris nos instruments. Mon saxophone émet un son pire que tout à l'heure. La protestation est pire, elle aussi.

Je dévisse le bec de mon instrument.

— L'anche est fendue et je dois la changer.

En m'approchant de la fenêtre pour prendre la boîte d'anches qui se trouve dans ma mallette, je jette un coup d'oeil dehors. Une habitude que j'aime bien.

Le local se trouve au sixième étage. Je vous dis que c'est quelque chose de monter les instruments et les amplis chaque fois. Les responsables nous ont sûrement installés aussi haut pour décourager notre carrière de musiciens. Mais ils ne nous auront pas si facilement.

De l'autre côté de la rue, j'aperçois d'abord un chien blanc, puis un taché noir, un troisième tout beige avec les oreilles brunes et un autre qui bouge sans arrêt et qui n'a rien à voir, lui non plus, avec mon Gros Chien Sale.

Au bout de ces nombreuses laisses, au bout d'un bras blanc couleur de lait sucré... j'ai le bonheur d'apercevoir... une fille rousse. Ma fille rousse.

Bobby s'impatiente. Je regarde toujours la rousse qui est en train de se déprendre des laisses qui l'entourent et qui l'empêchent d'avancer. Les chiens ont fait le tour du poteau, et elle se trouve un peu coincée entre leurs pattes.

Tant mieux, de cette façon, j'ai la chance de l'observer à mon aise.

Le destin est parfois généreux. Malgré elle, la voilà attachée au poteau pour un interrogatoire serré. Poteau de torture? Façon de parler.

C'est sûr qu'installé au sixième, je ne verrai pas encore la couleur de ses yeux, je ne pourrai pas davantage connaître son nom et je ne pourrai pas lui demander si elle m'a volé Gros Chien Sale. Mais surtout, oh! surtout, je ne pourrai pas encore lui dire que j'aimerais ça qu'elle soit ma blonde rousse, même si elle a emprunté mon chien...

Parce qu'elle a dû l'emprunter! Cette fille n'a pas l'air d'une voleuse de chiens. C'est vrai, il y a une explication pour tout!

Peut-être qu'il manque un chien à sa collection... ou qu'elle travaille à temps partiel pour la Société protectrice des animaux, ou encore qu'elle prend de l'avance parce qu'elle rêve de devenir vétérinaire... ou empailleuse... pourquoi pas! Mon père est bien clown!

— Tu n'es plus capable de changer une anche? Donne, je vais le faire, sinon on va encore être ici dans deux mois.

Bobby s'est approché. Il regarde dans la même direction que moi. Gégé vient nous rejoindre aussi.

— Qu'est-ce que vous regardez?

Il n'y a qu'Alex qui reste à sa place. À croire qu'il est vissé sur son tabouret. Lui, il n'y a pas grand-chose pour le faire bouger. Il continue de travailler ses coups de poignets avec ses baguettes. En général, il frappe sur tout ce qui se trouve à sa portée, histoire de ne pas perdre la main. Là, il bat la mesure dans le vide.

— C'est qui, cette fille-là? demande Bobby.

Au lieu de leur dire ce que je pense réellement: «Ah! les gars, c'est exactement ce que je voudrais savoir!», je leur dis seulement:

— Hein! Euh!... je ne sais pas.

J'ai l'impression que j'ai les joues en feu et que ça se voit.

— Qu'est-ce qu'elle fait avec tous ces chiens-là? nous demande à son tour Gégé.

Mon monologue intérieur se poursuit: «Mon petit Gégé, ça aussi j'aimerais bien le savoir!!»

La fille est encore aux prises avec sa meute de chiens. On dirait qu'il y a des noeuds dans les laisses.

Et puis, brusquement, Alex intervient du fond de la pièce.

— Est-ce que c'est la fille rousse qui se promène avec... je ne sais plus combien de chiens?

— Oui.

Il me semble que j'ai crié. Mon saxophone a failli me tomber des mains.

— Ah! C'est Loup Gaga Roux-Scoubi-dou.

— Qui? On est trois à avoir posé la même question. Moi, plus fort que les autres.

— C'est une fille de notre école...

Dans ma tête, je continue de lui répondre: «Alex, ça, je sais ça!»

— Elle est en même année que nous, mais dans une autre classe...

Ça aussi, je le sais. Quoi d'autre? Allez, Alex... dis-moi tout.

— Euh!... Loup Gaga Roux-Scoubidou, ce n'est pas vraiment son nom...

Il est drôle, Alex. Je m'en serais douté tout seul... Bien que de nos jours, les prénoms...

— Mais je ne sais pas son vrai nom. Scoubidou, je sais que le monde l'appelle comme ça parce qu'elle se fait souvent des centaines de petites tresses minces, minces. Comme les Africaines.

Ma pensée ronronne toute seule: «Oh! J'aimerais ça la voir avec des tresses minces, minces...»

Je n'ose pas demander pour Loup Gaga Roux et pour les chiens. J'aurais l'air de trop m'intéresser.

Heureusement, Alex revient à mon secours. Mais au compte-gouttes. Ce gars, il dit un bout de phrase à la fois. Comme s'il gardait son énergie pour ses caisses et ses cymbales.

— On la voit souvent se promener avec ses nombreux pitous. Matin et soir, je pense.

Je le supplie tout bas: «Continue, mon petit Alex. Prends ton temps, ça ne me fait rien. J'écoute, je suis patient. Allez, vas-y, je suis suspendu à tes lèvres...»

Je sens qu'il va ajouter quelque chose... Mais non. Plus rien. Il est retourné à ses baguettes.

Bon, bien! Je ne suis pas plus avancé. Elle oui, puisqu'elle s'est dégagée de ses liens et qu'elle continue sa promenade avec ses protégés.

Les chanceux.

J'aurais envie de leur parler d'elle, mais je me retiens. S'il fallait que ça tourne à la blague comme tout à l'heure. Mon chien serait mort. Façon de parler!

Je me dépêche d'installer ma nouvelle anche. On continue à jouer encore un peu et on laisse la place aux Bons à Rien, qui sont meilleurs que nous, soit dit en passant. Mais seulement parce qu'ils ont des instruments de qualité supérieure aux nôtres.

Ce sont leurs parents qui paient tout. Ça facilite les choses. Gégé, Alex, Bobby et moi, on travaille l'été ou les week-ends pour s'offrir des Fender, des Pearl et des Gibson.

Puis on rentre chacun chez soi. Je me rappelle à ce moment-là qu'en plus des devoirs habituels on a le travail d'histoire à refaire.

Moi, la seule histoire que j'ai en tête s'appelle momentanément: Loup Gaga Roux ou Scoubidou Roux.

À tout hasard, je traverse la rue devant le local et je reste près du poteau où se trouvait la rousse aux mille chiens, tout à l'heure. Je fais le plein de bonnes odeurs. Peut-être qu'il y a encore un petit quelque chose d'elle dans l'air.

Et là, je manque de tomber en bas de mes souliers.

Devant moi, sur le mur de la maison des jeunes, parmi deux, trois graffiti illisibles, tracé à la craie blanche, j'aperçois un message. Il est pour moi, j'en suis sûr. Le message dit: «Je sais où il est.»

Chapitre 4

Le cauchemar
des *tressses*

Cette nuit, j'ai fait un cauchemar épouvantable. Un rêve niaiseux, mais qui avait l'air tellement vrai que j'ai pensé ma dernière heure arrivée.

J'étais sur le trottoir, en face de la maison des jeunes, attaché à un poteau de téléphone. Je ne pouvais absolument pas bouger. Des centaines de petites tresses rousses servaient de cordes et me retenaient les chevilles, les poignets et la taille. J'en avais partout sur moi et je n'arrivais pas à me dégager.

Et j'entendais du monde rire, mais rire à s'en éclater les poumons.

Je ne comprenais absolument pas ce qu'il y avait de si drôle. J'ai levé les yeux et j'ai aperçu au sixième étage, dans l'édifice d'en face, la fille rousse entourée de mes amis, Alex, Gégé et Bobby. D'ailleurs Bobby portait un nez rouge comme celui de mon père.

Mais ce qui me faisait le plus mal, c'est que la fille rousse riait plus fort que les autres. Et je ne pouvais même pas me boucher les oreilles parce que j'étais attaché.

Ah oui! Je me rappelle aussi qu'il y avait des tonnes de chiens qui bavaient sur mes souliers. J'ai même pensé que je finirais par me noyer. Je vous dis, l'horreur!

Et pendant tout ce temps, j'essayais de lire des graffiti sur le mur d'en face. J'avais beau plisser les yeux pour mieux voir, les lettres n'arrêtaient pas de sauter... ma vue se brouillait.

Et il y avait sans cesse de nouveaux graffiti qui s'ajoutaient aux premiers ou qui les remplaçaient. Ils étaient écrits sur des formulaires de couleurs différentes. Il y en avait en anglais, d'autres en japonais... d'autres en arabe.

Et j'essayais de trouver le code ou le sens caché de ces messages.

J'étais convaincu que si je les mettais bout à bout... je finirais par les comprendre, mais je n'arrivais même pas à les lire.

— Pourrais-tu laisser la poivrière, Lucas?

— ...

— Lucas? Je te parle!?

— Hein?

Je sursaute. Je suis assis à table en face de ma mère et je tiens entre mes mains la poivrière où le mot *poivre* est inscrit en différentes langues. Ah! L'histoire des graffiti en langues étrangères, c'est de là que ça vient!

Je dors encore, moi! Plus de trace de tresses sur moi... mais quel stress!

— Je peux avoir le poivre? me redemande Nicole pour la *xième* fois.

— Il me semble que ça sent le bacon.

— Tu n'es pas très réveillé, toi. Un, deux, un, deux. J'appelle la Terre... J'appelle la Terre. Allô! allô!...

Ma mère plaisante. C'est une de ses blagues habituelles et préférées qui ne me font absolument pas rire. Disons qu'elle a d'autres talents que celui-là. Je comprends pourquoi elle a épousé mon père.

— Oui, oui, ça sent le bacon.

— Comment ça? On n'est pas samedi!

— Petite nouvelle pour toi: on est samedi.

— Et Lili?

Je m'informe parce que Lili fait partie du cérémonial du samedi-matin-bacon. On ne mange du bacon que le samedi et jamais sans Lili.

Nicole me fait signe de jeter un coup d'oeil vers le réfrigérateur.

Et je découvre petite Lili qui regarde par la fenêtre du micro-ondes qui se trouve sur le dessus du réfrigérateur.

Elle est debout sur un tabouret parce qu'elle est trop petite et que le micro-ondes est trop haut pour elle, les coudes bien appuyés sur le dessus du réfrigérateur. Et elle se rince l'oeil... ou plutôt les yeux dans la graisse de bacon.

Elle est comme ça, Lili. Un jour, elle a décrété que la chose la plus excitante sur terre, c'était de regarder frire le bacon par la porte du four à micro-ondes. Je crois que pour elle, c'est l'émission la plus fabuleuse qui soit. Walt Disney peut aller se recoucher.

C'est ce que je devrais faire, moi aussi d'ailleurs. Ce rêve m'a tué.

Ce n'est pas possible qu'on soit samedi! Il me semble que j'en ai sauté des bouts. Quatre jours de passés, et Gros Chien Sale reste introuvable. Et je n'ai rien compris aux messages écrits sur le trottoir et sur les murs.

Hier, j'en ai vu un autre qui disait: «Suis-moi.» Et c'était signé: «L.»

«L.»? L qui? E-l-l-e. Bien sûr, c'est à Elle que j'ai pensé tout de suite. Mais peut-être que je pense trop à E-l-l-e, justement, et que je la vois partout. Même sur les murs. Même dans mes rêves. Elle me fait faire des cauchemars, cette fille.

J'ai beau ressasser ça dans ma tête, toute cette histoire de graffiti, ça n'a aucun sens. Enfin, pour moi.

Gros Chien Sale... je sais où il est... suis-moi.
L.

Les lumières devraient s'allumer dans ma tête, même endormie. J'ai beau me servir de mes notions d'analyse grammaticale, aucune lueur ne se fait dans mon cerveau.

Là où ça se complique, c'est que je suis enfoncé jusqu'au cou dans cette histoire, et jusqu'au coeur. Et l'émotion, c'est bien connu... ça brouille les pistes...

Qui écrit ces messages? Me sont-ils vraiment adressés? Et si ce n'était qu'une coïncidence?

Ah! Que c'est compliqué! Tout ça à

cause de ce sale gros chien. Tout ça est de sa faute. Puis l'instant d'après, je me mets à penser qu'il est peut-être plus mal pris que moi. Il faudrait quand même faire quelque chose pour le retrouver.

— Il faudrait quand même faire quelque chose pour le retrouver.

Je dois penser trop fort... l'écho se répercute dans la pièce. Puis je réalise que c'est Nicole qui vient de prononcer cette phrase.

— Tu m'écoutes, Lucas?

— Oui, oui, ça va, je suis là. Je veux bien faire quelque chose, moi, mais quoi?

Elle me parle de la petite enquête qu'elle a faite. Elle a d'abord téléphoné à la fourrière, et il n'y avait là aucun chien de cette couleur ni de ce *format,* comme on lui a gentiment expliqué.

Je lui réponds que c'est compréhensible, que des modèles comme ça, il ne s'en fait plus. Les veaux maintenant, ils vivent à la campagne.

Elle ajoute, avec une patience toute maternelle, qu'elle a également téléphoné à la Société protectrice des animaux, et qu'il n'y avait rien de ce côté-là non plus. La ville n'a pas ramassé de chien écrasé, et les voisins immédiats n'ont pas vu de Gros

Chien Sale comme le nôtre.

Lili a sauté de son tabouret pour nous rejoindre. C'est le signal que le bacon est prêt. On ne met jamais la minuterie, on se fie à l'oeil de Lili.

— *Perssonne, perssonne a vu Gros Sschien Ssale. Moi ausssi, jje l'ai sschersssché.*

Je demande à Nicole ce qui nous reste à faire si toutes ses démarches ont échoué.

Mais une mère, c'est bien connu, c'est plein de ressources. La mienne n'en manque pas, en tout cas.

— Au bureau, j'ai photocopié des petites affiches qu'on pourrait mettre sur les poteaux...

— *Ssc'est quoi ton afffissche? Y'a la ffphoto de Gros Sschien Ssale, desssus?*

Nicole rit.

— Sais-tu, Lucas, qu'on a une seule photo de ce chien-là? Elle date de quand il était petit et si mignon. J'ai dû l'agrandir plusieurs fois pour qu'il arrive à ressembler à un gros chien.

— Qu'est-ce que ça donne?

— Il a l'air un peu bizarre.

— Son allure habituelle, quoi! Montre.

Ma mère prend dans sa serviette la cin-

quantaine de petites affiches qu'elle a im-
primées.

L'horreur! Déjà que Gros Chien Sale n'a
pas l'air brillant, brillant! Là, c'est à mourir
de rire. On dirait un gros chien bouffi, gon-
flé à bloc... prêt à éclater. Une montgolfière
poilue. On jurerait qu'il est féroce parce
que ses dents sont exagérément longues et
que l'agrandissement lui fait des yeux de
crapaud.

C'est bien la première fois que ce chien
peut paraître épeurant. D'habitude, il a tellement l'air concombre.

Ma mère s'excuse en disant qu'elle a
fait ce qu'elle a pu avec ce qu'elle avait. Et
qu'au moins ça donne une *idée générale* de
l'air qu'il a maintenant.

Sous la photo, il y a la description du
monstre, et la liste de ses qualités. Ma mère
n'a pas tenu compte des défauts, sûrement
pour ne pas effrayer la population. Elle a
ajouté notre numéro de téléphone et celui
de mon père.

J'examine de plus près la photographie
et je vois une grosse main qui entoure le
cou du chien. Je m'informe, à tout hasard.

— C'est à qui la grosse main qui dépasse?

— *Quelle grossse main qui dépassse, quelle grossse main qui dépassse?*

Lili m'arrache presque l'affiche des mains.

Nicole lui dit que c'est la sienne. Que c'est une photo d'elle et du chien quand ils étaient petits, tous les deux.

Elle proteste, totalement insultée, en regardant ses mains.

— *Jj'ai pas des grossses mains comme ssça, moi!?*

J'ai été obligé de lui expliquer que ma mère avait dû agrandir la photo du Petit Chien Sale pour en faire un Gros Chien Sale. Et comme sa main était sur la photo, elle a subi le même sort.

— *Où jje ssuis, d'abord?*

— Je ne comprends pas là... C'est quoi, l'idée?!

— *Bien oui, nono. Ssi ma main est ssur la ffphoto, où jje ssuis, moi?*

Heureusement, Nicole est intervenue. Je suis trop endormi encore pour expliquer à Lili la dure réalité des avis de recherche.

— J'ai dû t'enlever de la photo, Lili. Je l'ai coupée en deux, et comme ça je n'ai agrandi que le chien.

Un peu plus et Lili monterait sur la table.

— *Ssc'est pas jjusste. Jj'ai pas envie d'être coupée. Moi ausssi, jje voulais être ssur la ffphoto avec Gros Sschien Ssale.*

Là, j'avoue que je ne comprends rien. Non, mais c'est vrai. C'est quoi, l'idée?

Elle nous répond que c'est pour qu'il ne *ssoit pas tu-sseul.* Après tout, elle n'a pas tort. *Il est perdu, ssce sschien-là. Ffaut pas le laissser tu-sseul, ssur le poteau.*

Ma mère explique à Lili, avec une patience d'ange, que si on mettait sa photo sur les poteaux, tout le monde croirait qu'elle a disparu. Comme Gros Chien Sale.

Heureusement que ma mère est là, je crois que j'aurais hurlé. Des fois, Lili me tombe sur les nerfs. Quand elle a une idée en tête, elle ne décroche pas. Et je ne me sens pas en forme pour faire guili-guili à Lili.

Je laisse Nicole aux prises avec le babillage de Lili et j'essaie de me faire un horaire pour la journée, puisqu'on est samedi. Donc, pas d'école. On ne peut pas répéter, puisque le local n'est pas libre.

La seule chose qui me reste à faire, c'est d'en profiter pour me promener dans les rues au cas où je rencontrerais la fille aux chiens tressés et aux cheveux. Euh! Aux cheveux tressés et aux chiens.

— Lucas, tu devrais aller prendre ta douche.

— *Oui, ssc'est vrai, ssça, tu devrais aller prendre ta doussche,* répète l'écho Lili. Tu as l'air du yeti qui court après le capitaine Haddock.

— De quoi je me mêle, Lili-yeti?!

Et je commence lentement à me transformer en monstre. J'adore ça. Je roule des yeux jusqu'à ce qu'on ne voie plus que le blanc, j'avance les bras en écartant les doigts et je grogne à en faire tomber les murs. Cela plaît follement à Lili, mais énerve passablement ma mère qui me prend par les épaules, pour calmer mes élans monstrueux et m'assoit, tout en poursuivant:

— Tu prends ta douche et après...

— Et après...

— Et après, tu devrais aller épingler ou coller ces affiches dans le quartier si on veut retrouver ce chien.

Je suis quand même assez réveillé pour réagir. S'il y a quelque chose dont j'ai horreur, c'est qu'on organise, à ma place, ma vie ou mes horaires.

— Il n'en est pas question!

— *Oui, oui... moi ausssi. Jje veux y*

aller avec Lucass.

— Puis encore moins avec cette *ssang-ssue.*

— *Jje ssuis pas une ssangssue. Jje ssuis pas une ssangssue.*

C'est plus fort que moi, elle m'enrage, alors je réagis.

— *Ssangssue, ssangssue.*

Ma mère intervient en me disant de me calmer et de respirer par le nez.

— *Jje ssuis une ffille, pas une ssang-ssue!*

— *Ah! Lucass, ssça ssufffit!*

Ma mère s'est fait prendre à son tour. C'est plus fort que nous quand Lili est longtemps à la maison, on finit tous par attraper sa manie des *sss*.

Ma mère a le fou rire, moi aussi. Il n'y a que Lili qui reste sur ses positions de petite *ssangssue insssultée.*

Ma mère profite de ce moment d'accalmie pour m'annoncer ses intentions secrètes. Parce que c'est de ça qu'il s'agit depuis tout à l'heure. Ma mère m'annonce que Lili va m'accompagner dans ma tournée, puisque je dois la garder aujourd'hui.

Lili est ravie, bien sûr, elle a l'impression d'avoir gagné.

Je m'objecte. Il n'est absolument pas question que je m'occupe d'elle aujourd'hui. J'ai des choses plus importantes à faire.

Lili se met alors à crier qu'elle *ausssi* est une *sschose importante*.

Je me demande toujours où les enfants vont chercher des sons aussi perçants dans de si petits corps.

Ma mère la rassure en lui disant de ne pas s'inquiéter, que Lucas va s'occuper d'elle toute la journée. Et qu'ensemble, nous allons chercher le chien. Elle ajoute qu'elle est convaincue qu'elle va beaucoup m'aider.

La *ssangssue* me tire la langue avant de s'en aller vers la chambre d'amis. Et elle demande à ma mère s'il faut qu'elle porte quelque *sschose de sspésscial pour sschersscher le sschien?*

Comme si on partait en expédition avec le commandant Cousteau ou à la recherche de l'Arche perdue!

— Non, non, répond toujours patiemment ma mère. Mets ce que tu as apporté, ça va aller. Et n'oublie pas de prendre un chandail. Ta mère m'a dit que tu avais encore eu mal à la gorge.

À cet instant précis, je me jure que je n'aurai jamais d'enfant. Jamais! C'est trop de problèmes. Et je lance à ma mère un regard qui en dit long.

Je ne peux m'empêcher de parler tout bas même si Lili n'est plus dans la pièce.

— Comment ça se fait que je me retrouve avec Lili dans les pattes, un samedi matin? C'est quoi l'idée, là???

Ma mère m'explique sur un ton encore plus bas qu'elle n'y est pour rien. Mon père donne une représentation supplémentaire, au cirque, cet après-midi, et il nous a demandé de garder Lili.

J'interviens le plus rapidement possible pour me dégager de cette mission impossible:

— Ah! ah! Il a dit nous! Nous, ce n'est pas moi!

Pour me culpabiliser, ma mère me regarde avec son petit air super maternel. Mais ce matin, ça ne prend pas. Je résiste au maximum. Cette fois-ci, elle ne m'aura pas.

— Elle a une mère, cette enfant-là, qu'elle s'en occupe. Elle est toujours rendue chez nous. Quand ce n'est pas pour le chien, c'est pour le bacon... ou pour...

— Et tu adores ça.

Ah! Je ne sais pas comment est votre mère, mais la mienne a une façon de désamorcer les choses qui m'enrage. Le pire, c'est qu'elle sait tout le temps où m'attraper. Enfin presque. Pourtant je ne m'avoue pas vaincu aussi rapidement.

— Pourquoi tu ne t'en occupes pas toi, hein?

Je me demande ce qu'elle va trouver à me répondre.

Eh bien! elle a trouvé.

— Qui va faire le ménage, les courses et la bouffe?

Ça, c'est l'argument massue. Elle sait très bien que j'ai horreur de ce genre de corvée... et que je préfère avoir Lili sur les bras, même tout un samedi après-midi.

Mais pour être sûre que je ne reviendrai pas en arrière, elle joue encore avec mes sentiments. Un peu plus, on entendrait tout un orchestre de violons dans la cuisine.

— Et puis, c'est ta sœur.

— Ma demi-sœur.

Oui, je sais... ça, c'est un peu bas... Mais bon, je voudrais vous y voir.

Elle a l'air mignonne comme ça, Lili. Mais de près, c'est autre chose. Elle bouge sans arrêt, elle parle tout le temps et elle rit pour des riens.

Et disons que j'ai autre chose en tête, ces temps-ci.

Je rage quand même un peu pour la forme, sinon je ne serais pas un adolescent normal. Et je me dirige vers la douche au moment où Lili revient, sans son pyjama à pattes avec des *sschiens ssausscissses desssus,* mais déguisée en exploratrice. Elle se dirige vers ma mère en lui présentant une brosse à cheveux et des élastiques.

— *Nicole, jj'aimerais ssça que tu me ffassses tout plein de tites, tites tressses dans mes sscheveux.*

Du coup, mon coeur cesse de battre, et je sens un grand vide dans ma poitrine. L'instant d'après, il repart au galop en faisant tellement de bruit que j'ai l'impression que ça s'entend dans la cuisine.

Moi qui croyais m'être débarrassé de mon cauchemar, voilà que je nage à nouveau en plein dedans.

Je me suis retourné d'un bond et j'ai hurlé:

— Pourquoi, pourquoi tu veux des tresses?

— Voyons, Lucas! Qu'est-ce qui te

prend?

J'ai dû vraiment faire peur à Lili parce qu'elle me regarde, les yeux pleins d'eau. Elle finit par me dire, des sanglots dans la voix, que *ssc'est parssce qu'elle veut ressembler à une ffille roussse qui sse ffait des tressses et qui promène des sschiens.*

J'ai presque sauté sur elle.

— Tu la connais?

Je me calme un instant et je la prends gentiment dans mes bras. Bien quoi! J'ai besoin de savoir.

Je lui fais un sourire engageant, et je lui caresse doucement le dos, sinon elle va se fermer comme une moule, et je ne saurai rien.

Elle a repris un peu d'aplomb et me répond comme si de rien n'était:

— *Non, jje la connais pas. Mais jje la vois ssouvent.*

J'essaie de ne pas attacher trop d'importance à ce qu'elle dit.

— Ah oui!?

— *Oui... et elle promène des sschiens, et tu ssais pas quoi?... Ssc'est une ffille bizzarre, elle écrit ssouvent des mots ssur le trottoir et ssur les murs.*

— Quoi?!!!

Chapitre 5

Lili délire

Lili marche devant moi, une auréole autour de la tête. En fait, elle a l'air d'une extra-terrestre avec une multitude d'antennes dressées sur le coco.

Nicole a réussi, à sa demande expresse, à lui faire *sses ffameusses tressses*. Mais comme elle a les cheveux plutôt courts, ça retrousse dans tous les sens.

Mais Lili marche comme une reine avec sa couronne sur la tête.

Je pense à la fille rousse. Je ne l'ai jamais vue avec ses tresses minces, minces, je suis pourtant convaincu que ça a une tout autre allure.

Lili porte en bandoulière un petit sac que lui a prêté Nicole et qui contient les affiches, le marteau et les punaises.

Lili est heureuse et fière comme un petit Schtroumpf qui transporterait, à bout de bras, un énorme champignon, tout seul.

Elle transpire à grosses gouttes, mais il n'est absolument pas question que je l'aide. Elle tient à tout transporter elle-même.

Depuis une éternité, le même scénario se répète: un immense poteau, une grande affiche, une petite punaise, deux moyens coups de marteau plus un gros, pour que ça tienne mieux.

Et on repart. Et on recommence. Et j'en ai marre.

Je regarde Lili et je m'étonne d'avoir déjà été comme elle... il n'y a pas si longtemps.

La moindre petite chose devient un jeu. Elle est là, elle ne pense à rien d'autre et elle s'amuse.

Je ne suis plus comme ça. Je passe ma vie dans ma tête. Un peu comme si j'étais tout le temps derrière mes yeux. Je ne vis pas, je pense. Et j'essaie de comprendre ce qui se passe.

J'espère qu'un jour on finit par sortir de sa tête parce qu'à la longue, je vais finir par étouffer. C'est un peu sur le même principe que les fenêtres fermées hermétiquement. J'ai besoin de l'extérieur pour vivre.

Ah! Et puis, pas de fille rousse à l'horizon. Mais des poteaux, ça, il y en a.

Justement Lili en voit un autre et court dans sa direction.

— *Lucass, Lucass... viens vite.*

— Quoi? Qu'est-ce qu'il y a? Arrête de courir et de t'énerver comme ça, tu es rouge comme une tomate.

— *On a plus d'afffissches. Ssc'est la dernière...*

Tant mieux, ma petite Lili, tant mieux. On va pouvoir se reposer. Je me demande à quoi je vais l'occuper, après ça.

Ah! Ça ne devrait pas exister les soeurs, même pas les demies. Surtout pas le samedi.

Nos parents peuvent bien dire qu'on n'a pas de tête. Je ne sais pas où ils ont la leur quand ils décident de faire un enfant. Ils nous obligent à devenir parents, par le fait même.

C'est pour mieux nous donner le sens des responsabilités, il paraît... Les leurs, en fait.

Entre deux quintes de toux, Lili réussit à donner le dernier coup de marteau toute seule. Je n'ai absolument pas l'intention de la contredire. Ce n'est pas le moment.

— Bonjour, Lili. Tu fais une vente de garage?

Je me retourne et j'aperçois un petit

monsieur très maigre près de Lili. Il me semble que je l'ai déjà vu. Ah oui! C'est le brigadier scolaire de son école.

— *Non, non. Le sschien de Lucass, il est pas à vendre, il est perdu.*

Le petit monsieur s'approche, plisse les yeux pour mieux voir, mais recule devant *le monstre*. Il trouve que c'est un gros chien. Et veut savoir comment il s'appelle.

— *Gros Sschien...*

Je ne sais pas pourquoi, mais j'ai mis instantanément ma main sur la bouche de Lili pour l'empêcher de poursuivre.

Le monsieur ne s'est aperçu de rien, puisqu'il trouve que Gros Chien, ça lui va bien.

— Moi, je vois surtout des petits enfants, comme toi, mais si je vois un gros chien comme lui, je te préviendrai.

Je regarde une dernière fois l'agrandissement de Gros Chien Sale. Et je me mets à penser que si quelqu'un l'a vu, il a dû communiquer avec le zoo pour s'en débarrasser, convaincu que c'était un orang-outang, pas un chien.

Lili abandonne à regret Gros Chien Sale sur le poteau. Après des tonnes de baisers et de promesses de le retrouver, il va sans dire. Les gens la regardent faire ses adieux et semblent la trouver amusante. Moi, beaucoup moins.

Comme il y a un parc à deux pas, je propose à Lili d'y aller. Elle y trouvera sûrement quelque chose pour s'amuser, et moi je vais pouvoir m'allonger dans l'herbe pour penser encore à la fille rousse.

En fait, je pense tout le temps à la fille rousse. C'est la première fois qu'une fille m'obsède autant.

Il faut dire que je n'ai pas le temps de m'habituer à elle, puisque chaque fois que je l'approche, notre rencontre est de courte durée. Dans un premier temps, mon coeur arrête de battre parce que je suis surpris de la voir. Et au bout de quelques instants, il se rajuste, c'est-à-dire qu'il se remet à battre à peu près normalement, puis la voilà qui disparaît de nouveau. Alors, mon coeur fait encore des siennes et me balade en montagnes russes.

À ce rythme-là, je ne ferai pas de vieux os. Je ne passerai sûrement pas la vingtaine. Ou bien je vais être mûr pour une transplantation cardiaque.

— *Pourquoi t'as mis ta main ssur ma boussche tout à l'heure devant M. Ssam-*

sson?

Pour une fois que je peux m'allonger tranquillement, voilà que Lili me saute dessus et prend mon estomac pour la selle d'un cheval.

— Parce que... aïe... parce que... Lili, arrête de bouger, tu me donnes mal au coeur.

— *Parce que tu voulais pas que jje disse à M. Ssamsson: Gros Sschien Ssale, hein?*

— Oui, c'est ça, ma Lili, c'est ça. Tu comprends vite.

— *Oui, mais ssc'est sson nom à Gros Sschien Ssale.*

— Bien, on n'aurait pas dû l'appeler comme ça.

— Pourquoi?

Ah! non, elle ne va pas commencer sa série de pourquoi.

— Lili, arrête de me poser des questions...

— Pourquoi?

Râââââââh! Je vais hurler. Il faut qu'il arrive quelque chose immédiatement, sinon je fais un malheur.

Et le quelque chose arrive. En fait, le quelqu'un. Et Lili se précipite vers une petite fille accompagnée de son père, en hurlant: «Maude, Maude», à travers tout le parc.

Elles s'assoient toutes les deux. Maude traîne avec elle son harem de poupées Barbie et elles se mettent à les habiller... et à les déshabiller... À les coiffer... à les recoiffer... à les...

Et je me suis endormi dans l'herbe dans un rêve roux. Longtemps? Je ne sais pas. Mais je me réveille en sursaut parce que le papa de Maude me secoue.

— Excuse-moi, mais je pense que ta soeur est malade.

Je me relève d'un bond.

— Comment ça, malade?

Voyons, il y a deux minutes elle sautait comme une puce.

Je m'approche de Lili. Effectivement, elle n'en mène pas large. Elle a les joues encore plus rouges que tout à l'heure, ses yeux brillent d'une drôle de façon et sont pleins d'eau. Entre deux sanglots, elle répète qu'elle a mal à la gorge.

Je la prends dans mes bras. Le papa de Maude veut nous raccompagner. Je lui explique qu'on habite à deux pas du parc et que ça ira plus vite à pied.

— Tu es sûr que tu n'as pas besoin d'aide, le jeune?

— Non merci.

Le jeune peut bien se débrouiller. J'ai horreur qu'on m'appelle comme ça.

Et de toute façon, ça ne doit pas être tellement grave. Je vais la coucher et dans une heure elle va se remettre à sauter comme une grenouille.

Je prends quand même un raccourci pour arriver plus rapidement. Lili est blottie dans mes bras et répète sans arrêt en pleurnichant que le feu est pris dans sa gorge.

Et ma mère qui n'est pas à la maison! Je n'ai pas l'habitude des petites filles malades, moi!

En arrivant, je couche Lili sur mon lit. Et j'applique une compresse d'eau froide sur son front. Ça ne pourra pas lui faire de tort.

Elle pleure maintenant sans arrêt et réclame sa mère.

Elle n'est pas là, ta mère, ma Lili, elle travaille. Ton père non plus. Lui, il fait le clown quelque part. Tu es une orpheline qu'on a abandonnée dans mes bras inexpérimentés.

Je lui touche le front, elle est brûlante. Pas de panique, pas de panique...

Je n'ai jamais gardé de bébé, je n'ai jamais soigné un enfant... je...

Maman! Viens chercher ton petit garçon.

Il me semble que la seule façon de savoir si Lili est très malade, c'est le thermomètre.

— Ouvre la bouche, Lili.

— *Non. Ssça fait mal.*

— Je sais, Lili... mais comme ça, on va savoir si le feu dans ta gorge est très, très chaud. Et s'il faut faire venir les pompiers pour l'éteindre.

Elle rit faiblement de ma blague. Ses petits yeux sont de plus en plus fiévreux. Mais qu'est-ce qu'elle a?

J'ai réussi à lui maintenir le thermomètre dans la bouche en parlant sans arrêt pour l'empêcher de protester.

Ce n'est pas possible, j'ai dû me tromper. Je regarde de nouveau: elle a de la fièvre, 40 °C. C'est grave, ça! Il me semble qu'un peu plus, on meurt.

Attends, ma petite Lili, ne meurs pas.

Je touche ses petits bras, son ventre: de la braise. Qu'est-ce que ma mère fait dans ces moments-là?

Je lui ai déjà donné de l'aspirine, ça n'a rien changé. Il faut faire baisser la fièvre autrement.

Le bain froid.

Des souvenirs pénibles me reviennent. Oh non, pas ça! C'est l'enfer.

Je m'énerve. Qu'est-ce que peut bien faire ma mère? Il y a longtemps qu'elle devrait être revenue de l'épicerie.

Ah! Si je pouvais joindre quelqu'un. Mais qui? Mon père est au cirque, il enchaîne deux spectacles coup sur coup. Sa mère est à sa boutique, et je n'ai aucune idée où elle travaille.

Et la mienne? Je présume que la mienne n'arrive pas à se décider entre une marque de détergent qui lave à l'eau froide et une qui javellise mieux... sinon elle serait déjà de retour à la maison.

En arrivant dans la cuisine, j'aperçois un petit billet sur la table entre les sacs d'épicerie à moitié vides.

Je suis partie prendre l'apéro chez une copine.

— Quelle copine, maman? Où ça?

J'ai crié tout haut comme si elle pouvait m'entendre.

On va manger vers 20 heures.

Si Lili a faim, donne-lui quelque chose à grignoter en attendant.

Becs.

Nicole

Ce n'est pas de nourriture qu'elle a besoin cette petite, mais de soins, de toute urgence.

Puisque je ne peux pas compter sur les adultes, je décide de me débrouiller tout seul.

J'essaie de me rappeler ce que faisait ma mère quand j'étais dans dcs états pareils.

Lili pleure. Son état empirc. Elle délire.

Je fais couler un bain très froid.

Courage, ça ne sera pas long. Je ne sais plus à qui je dis ça. À moi ou à Lili.

Je la plonge dans l'eau. Elle se débat, crie, il y a de l'eau partout. Je pense que c'est moins compliqué de donner le bain à Gros Chien Sale. J'ai l'impression de noyer un petit bébé phoque.

Je lui fredonne n'importe quoi. Une de nos chansons. Du *heavy metal,* c'est très apaisant pour une petite fille qui se débat dans l'eau glacée. Je sais bien que ce n'est pas vrai, mais c'est tout ce qui me vient à l'esprit.

J'ajoute le plus d'eau froide possible et quand je sens qu'elle ne peut en endurer davantage, je cours la mettre au lit, enveloppée dans une serviette chaude.

Elle tremble de partout et claque des dents. Mais il me semble qu'elle est moins brûlante.

Je reste assis près d'elle en lui tenant la main.

On dirait qu'elle va dormir. Je ferme aussi les yeux. Juste quelques minutes, le temps de récupérer.

Le téléphone sonne. Je bondis.

Et si c'était ma mère?

— Oui, c'est pour le chien.

— Quel chien?

— J'ai vu l'affiche du chien qui a disparu. Je suis bien au bon numéro?

— Oui... oui.

Avec Lili et sa fièvre j'avais complètement oublié Gros Chien Sale.

— J'en ai vu un qui ressemble à la photo. Mais il est beaucoup moins gros et il est brun avec une tache beige.

— Alors, ce n'est pas le bon. Et je raccroche même si la dame continue de parler.

Je retourne voir Lili. Elle est encore plus brûlante que tout à l'heure. Je reprends sa température. Ça continue de monter. Ce n'est pas possible, je ne peux pas la laisser comme ça.

Je téléphone chez mon père, il y a sûrement quelqu'un de rentré maintenant. Il est 20 h 30. Et s'il n'y a personne, je vais pouvoir laisser un message sur le répondeur. De cette façon, ils vont être au courant de la situation.

Je laisse sonner et, bien sûr, le répondeur n'est pas branché.

Je félicite mon paternel intérieurement. Bravo!

Je comprends pourquoi il me demande régulièrement où j'ai la tête. Lui, il n'en a pas du tout.

Je griffonne un mot à l'endos du billet que ma mère m'a laissé et je le place bien en vue sur la table.

Suis parti à l'urgence de l'hôpital pour enfants avec Lili.
Elle est très malade.
Venez tous me rejoindre au plus vite.
Lucas

Je prends l'argent que ma mère laisse pour les courses dans le placard. Avec ce que j'ai sur moi, ça devrait suffire pour prendre un taxi, et je retourne au chevet de Lili.

Elle est en feu. Elle délire un peu.

— *Gros Sschien Ssale, pas ssale, ffaut pas le dire.*

Je l'enveloppe dans une grande couverture. Elle pleurniche en demandant au chien de *laissser sses tresses*.

Je ferme l'appartement à clé et au moment où je descends les marches qui mènent au trottoir, je crois avoir une apparition.

La fille rousse est devant moi.

Je me secoue la tête pour retrouver mes esprits.

Elle est toujours là. Le petit corps chaud de Lili dans mes bras me donne la confirmation que je ne rêve pas.

— J'étais venue parce que je voulais te dire bonjour... euh! bonsoir... mais je ne voudrais pas te déranger... je voulais tout t'expliquer au sujet des chiens... il y a les messages aussi dont il faudrait parler... mais je vois que tu n'es pas seul... est-ce qu'il y a quelqu'un de malade?

Elle a dit tout ça, d'un seul trait, à une vitesse folle. Sans reprendre son souffle, ni faire aucune *ponctuation*.

Alors, comme le temps presse, et que Lili recommence à pleurer, je lui demande si elle peut m'aider à trouver un taxi.

— Parce que je dois me rendre à l'urgence, d'urgence. Oui, c'est ça.

J'ai l'impression de dire n'importe quoi. Mais je dois être assez clair parce qu'aussitôt dit... la voilà partie.

Je m'inquiète. Toutes les fois que je la rencontre, cette fille se sauve en courant. Et c'est exactement ce qu'elle est en train de faire.

J'espère que je ne la perdrai pas de vue encore une fois. Surtout en ce moment.

Je prends la même direction qu'elle. Elle est là, le bras en l'air, et un taxi se range contre le trottoir.

Elle me laisse monter sur le siège arrière avec Lili dans les bras, puis elle s'assoit à son tour.

Sans se regarder, d'un même souffle, on demande au chauffeur:

— Vite. L'hôpital pour enfants. C'est urgent.

Chapitre 6

Lucas angoisse

Ça fait déjà plus d'une heure qu'on est à l'urgence. Je ne sais pas pourquoi ils appellent ça comme ça. C'est *patience,* que ça devrait s'appeler.

Depuis cet après-midi, je n'ai plus aucune notion du temps.

Ça va lentement, mais on ne peut pas dire qu'il n'y a pas de mouvement. Ça bouge dans tous les sens. Les infirmières, les médecins... Et les parents affolés qui se lèvent, à tour de rôle, pour demander quand quelqu'un pourra voir leur enfant.

Tout le monde a les traits tirés. Les enfants pleurent, les parents s'énervent. Et Lucas angoisse.

Je suis assis avec la fille aux cheveux roux. On n'a pas prononcé une seule phrase encore. On est là, côte à côte, comme si on avait toujours fait ça.

On est tous les deux penchés sur Lili qui

s'agite dans son délire. Elle est brûlante. Il me semble que son corps a rapetissé. Elle a l'air tellement fragile. Et ses petits yeux appellent à l'aide quand elle réussit à les ouvrir.

Ça ne devrait pas exister des enfants qui souffrent. Ils sont trop démunis, trop petits pour se défendre.

Je ne sais pas ce que je donnerais, maintenant, pour que sa fièvre tombe et qu'elle redevienne la petite Lili encombrante, placoteuse et fatigante que je connais.

Mais ce n'est pas possible! Ils ne voient pas que cette enfant délire... que sa fièvre monte sans arrêt...

J'ai envie de hurler: «Mais faites quelque chose... Lili est très malade.»

On est tous là à attendre... Attendre, je crois que c'est la chose que je déteste le plus au monde.

Heureusement que la fille rousse est près de moi. Ça me rassure.

C'est elle qui s'est occupée de Lili pendant que je suis allé au bureau pour l'inscrire. Parce que, bien sûr, je n'avais pas la carte d'hôpital ni celle de l'assurance.

Et puis, je n'ai pas osé aller téléphoner à ma mère. Comme la cabine se trouve à l'autre bout du corridor, j'ai eu peur de perdre mon tour.

On se croirait chez le boucher. On attend en file pour avoir son kilo de steak haché.

Aucune trace de mes parents. Mais je me rassure un peu en pensant qu'ils ont mon message et qu'ils finiront bien par me rejoindre.

— Lili Berthiaume? Lili Berthiaume?

Ça y est! C'est à nous. Ce n'est pas trop tôt.

La fille rousse et moi, on se lève d'un bond avec Lili dans nos bras. Un médecin, assez jeune, tient un dossier à la main et nous fait signe de passer de l'autre côté de la salle d'urgence.

Il nous regarde des pieds à la tête et il nous demande d'un air étonné:

— C'est vous, les parents?

La fille rousse et moi, on se regarde et on pouffe de rire en même temps.

— Non.

On répond aussi en même temps.

Je prends la parole:

— C'est ma soeur... ma demie... mes parents n'étaient pas là... ils travaillaient tous les trois, euh! les deux... son père qui est aussi mon père et sa mère... elle s'est mise à avoir de la fièvre je ne savais plus quoi faire... elle se plaint du mal de gorge... Ça lui arrive souvent, mais surtout depuis deux, trois semaines... à 16 h 00 elle avait de la fièvre, 40° au moins... j'ai pris sa température deux fois je lui ai donné un bain froid... j'ai... et on est venus ici et... voilà.

Je m'arrête, essoufflé. J'ai dû attraper la fièvre de Lili ou la manie de la fille rousse, voilà que j'oublie de *ponctuer* et de respirer.

Le médecin me regarde avec un petit sourire en coin. Et il me demande, avec une certaine ironie dans la voix, si j'ai terminé.

J'hésite un peu et je suis bien obligé de dire que oui c'est tout. Mais je ne peux m'empêcher d'ajouter:

— Qu'est-ce qu'elle a?

Le médecin, qui n'a pas l'air de s'énerver du tout, prend Lili dans ses bras, la dépose sur une civière et lui met un thermomètre dans la bouche.

— On va regarder ça.

Il prend son pouls. Hoche la tête. Enlève le thermomètre.

— Tu as eu raison de l'amener. La fièvre n'a pas baissé.

Il assoit Lili tant bien que mal. Elle n'a

pas du tout l'air de se rendre compte de ce qui se passe.

— Tu vas ouvrir ta bouche, grande, grande, ma belle. On va regarder ta gorge.

Et au lieu de faire gentiment ce que le médecin lui demande, Lili lui hurle dans son délire:

— *Gros Sschien Ssale.*

Tout le personnel médical s'est tourné vers nous.

Mais c'est plus fort que moi, j'éclate de rire, la fille rousse aussi. La tension des dernières heures, sans doute.

Le médecin s'est raidi un peu. Il nous regarde sévèrement, puis il ajoute, moitié pour lui, moitié pour nous:

— Hum! Elle est bien élevée, cette petite.

Je souris et je me sens mieux.

— Ce n'est pas à vous qu'elle s'adressait.

— Tant mieux. Je suis content que ce joli compliment soit pour quelqu'un d'autre, me dit l'homme en souriant.

Cet homme est gentil. Je lui dois une explication.

— Ce n'est pas vraiment une insulte. C'est un nom... le nom de mon chien. Il est perdu, et Lili le réclame tout le temps depuis qu'elle a de la fièvre.

— Je vais raconter cette blague à mes collègues, ils vont bien s'amuser.

Tout ce temps-là il continue son examen. Il regarde le fond de ses oreilles, tâte son cou. Il réussit à faire ouvrir la bouche de Lili et l'examine minutieusement.

— C'est là-dedans que tu caches tes gros mots, hein?

Puis en s'adressant à moi, il ajoute:

— Oh! C'est rouge. Très enflé. Je vois dans son dossier qu'elle a fait plusieurs amygdalites. Là, elle n'y échappera pas. Il va falloir l'opérer.

— Quoi? Je réagis comme s'il voulait lui arracher les oreilles.

— Une toute petite intervention... Enlever les amygdales, ce n'est rien.

— *Jje veux pas les enlever,* nous dit Lili en pleurant. *Lucass, jje veux pas.*

Je la prends dans mes bras, la berce doucement contre moi.

La fille rousse s'est approchée aussi et elle tente de la rassurer.

— Ça ne fait pas mal, moi aussi, on me les a enlevées. Et après, tu sais, on mange de la crème glacée à chaque repas.

Le médecin remplit un formulaire pendant qu'on console Lili. Puis il revient vers nous.

— Vous allez nous la laisser en observation. Si ça désenfle, si la fièvre baisse, l'intervention ne sera pas nécessaire. Mais vu son état, ça m'étonnerait. Je vais aller demander qu'on lui prépare un lit pour la nuit. Tu vas demander à ses parents de me téléphoner le plus tôt possible. Je suis le Dr Curzo.

Lili prend du mieux, il me semble. Un peu comme les matins où on doit aller chez le dentiste et que le mal dc dent a disparu complètement.

— *Lucass, jj'ai rêvé que la ffille roussse, elle était là.*

— Elle est là. Regarde.

Elle jette un regard par-dessus mon épaule et observe la fille rousse avec beaucoup d'attention pendant un moment. Puis elle lui dit:

— *Moi ausssi, jj'ai des tressses.*

En fait, il ne lui en reste aucune. Elle a tellement transpiré qu'elles se sont toutes défaites. Mais la fille rousse lui dit que ses tresses sont effectivement très belles.

Et juste avant que la petite tête de Lili

retombe sur mon épaule, elle me demande:

— *Ssc'est la ffille roussse, ta blonde, hein?*

D'un coup, j'ai de la fièvre, sûrement plus de 200°. C'est à mon tour d'être en feu. Et cet incendie-là demanderait la participation de plusieurs casernes... pour l'éteindre.

Je n'ose pas me retourner. Je prends une grande respiration... et j'affronte le regard de la fille rousse pour lui expliquer que je n'y suis pour rien, que Lili est bien petite pour affirmer des choses pareilles ou alors qu'elle délire encore.

Et, oh! surprise, oh! bonheur suprême!... La fille rousse est aussi rouge que moi, sinon plus, si c'est possible.

Heureusement que le médecin revient à ce moment précis, sinon je pense que l'hôpital entier aurait flambé.

Je vois d'ici les gros titres des journaux: «Deux adolescents en amour mettent le feu par timidité.»

— Pour ce soir, on ne peut rien faire. On va lui donner quelque chose pour faire baisser la fièvre, et elle va dormir. Et demain, on prendra une décision avec ses parents.

— Je ne peux pas rester avec elle?

— Non... Ce n'est pas possible. On ne peut pas faire grand-chose pour l'instant. Il faut qu'elle dorme.

Au même moment, une infirmière prend Lili dans ses bras, l'installe de nouveau sur la civière. Elle remonte les barreaux de chaque côté.

Lili ne proteste pas. Elle se laisse sagement enfermer dans la petite cage. Elle doit être drôlement malade pour ne pas faire toute une scène. D'habitude...

Elle a l'air de dormir, maintenant. Le médecin donne à l'infirmière le dossier de Lili, et elle fait rouler le petit lit en direction d'un ascenseur.

Je n'ai pas envie de laisser Lili. Je me sens responsable d'elle.

— Ne t'inquiète pas, on va en prendre bien soin, ajoute le médecin avant de retourner dans le corridor s'occuper d'un autre enfant.

Je reste là, les bras ballants, perdu. Je n'arrive pas à bouger.

La fille rousse me tire par la manche et m'entraîne vers la sortie. Les portes s'ouvrent toutes seules, et on se retrouve dehors.

Il fait doux et très noir maintenant. Je

n'ai aucune idée de l'heure qu'il est.

On marche côte à côte en silence.

J'ai l'impression qu'un bulldozer m'a passé sur le corps, à plusieurs reprises.

La dernière fois que j'ai été fatigué comme ça, c'est quand j'étais sûr d'avoir raté ma deuxième année à l'école et que je croyais ma vie finie. Je pensais que mes parents m'en voudraient à mort, et que la seule chose qui me restait à faire, c'était d'aller me jeter sous un camion.

Je ne sais pas pourquoi j'ai tout à coup un énorme point dans l'estomac qui me fait horriblement mal. Et ça monte dans ma gorge, et...

Les amygdales! C'est seulement les amygdales! J'ai beau faire des efforts pour maintenir la boule dans ma gorge, ça ne sert à rien, ça sort tout seul.

Et j'éclate en sanglots, sur le trottoir.

Bravo! Lucas Berthiaume! Bravo! Pour une fois que tu te trouves à côté de la fille rousse, tu ne lui dis pas un mot, tu rougis sans arrêt et en plus, tu chiales comme un bébé. C'est gagné, c'est sûr! Ça va être joli lundi quand elle va raconter ça à l'école au complet.

Je suis là à me dire toutes ces choses,

quand elle s'approche tout doucement et, sans rien dire, elle me prend la main et la serre très fort.

Une grande chaleur m'envahit. C'est chaud partout. J'ai l'impression que mes épaules viennent de descendre de trois étages. Je respire mieux.

On marche comme ça, vers mon quartier. On ne parle pas. Comme si ça nous suffisait de nous tenir la main.

Et rendu au coin de ma rue, j'aperçois des gens sur le trottoir en face de chez moi. Et une voiture de police.

— Bonne nuit, Lucas. À lundi.

— Attends!

Le temps que je me retourne, elle s'en va en me faisant signe de la main.

C'est à ce moment-là que j'entends mon nom, hurlé par mon père. Ça me fige sur place. Puis je reconnais ma famille. Comme je m'approche, ils se précipitent sur moi. Tous les trois, la mère de Lili, la mienne et mon père. Il n'y a que le policier qui reste contre sa voiture.

— Qu'est-ce qui se passe?

J'ai pensé, une seconde, que mon père allait me frapper.

— Lili? Où est Lili?

— À l'hôpital. Ils vont peut-être l'opérer demain.

— Quoi!!!??

Là, tout le monde se met à parler en même temps. Ils s'affolent, gesticulent.

On se croirait dans un film italien quand tout le monde s'engueule sur le trottoir, le soir, sans tenir compte des voisins.

Je ne comprends absolument pas pourquoi ils s'énervent comme ça, puisque Lili est en sûreté.

Ils posent des questions et en même temps, au lieu de me laisser y répondre, ils m'engueulent pour ma négligence, ma tête sans cervelle, mon manque de responsabilité.

— On te confie Lili, et tout ce que tu trouves à faire, c'est de l'amener à l'hôpital...

Là, je crie, sans tenir compte des voisins.

— Aye! ça va faire! Lili a eu beaucoup de fièvre cet après-midi. Je l'ai soignée du mieux que j'ai pu... Puis en fin de compte je l'ai amenée à l'hôpital parce que vous étiez tous introuvables... Le médecin a dit qu'une chance que je l'avais amenée, parce qu'elle était en danger. Elle fait une amygdalite aiguë.

Ils se calment. Ma mère me prend par l'épaule. Je leur donne tous les détails.

— Excuse-nous, on était si inquiets.

— Et moi, vous pensez que je ne l'étais pas?

Bon, la boule qui me revient dans la gorge! Je ne vais pas me remettre à pleurer.

— Pourquoi tu ne nous as pas laissé de message? me dit mon père.

Par chance, sa blonde intervient.

— C'est de notre faute. On avait oublié de mettre le répondeur. Et moi, je suis rentrée plus tard que de coutume. Merci, Lucas. Heureusement que tu étais là.

Ma mère me raconte qu'elle est rentrée vers 20 h 30. Comme on n'était pas là, Lili et moi, elle a appelé mon père et Suzanne. Ils n'avaient aucune idée de l'endroit où on pouvait être.

Ils ont commencé à s'inquiéter. Ils ont fait le tour de la ville, appelé tous mes amis. Finalement, ils ont appelé la police.

— La police. Pourquoi pas l'armée, tant qu'à y être!?!

— Mais on n'avait aucune idée de l'endroit où tu pouvais être avec Lili.

— Mais je vous ai laissé un message

sur la table!

— Quel message?

Ils parlent encore tous en même temps.

— Bon, ça y est, vous l'avez retrouvé?

La grosse voix du policier les réveille. Ils l'avaient oublié, celui-là, trop occupés à me sauter dessus.

Il repart quand il voit que tout rentre dans l'ordre.

On se rend à la maison. Nicole fait du café. Suzanne et mon père appellent l'hôpital, et le Dr Curzo les rassure sur l'état de Lili.

Je retrouve finalement mon message dans la poubelle. C'est ma mère qui l'a jeté par mégarde, en même temps que les sacs d'épicerie.

Je reste assis à table. Je ne bouge plus. Je regarde dans le vide.

— Tu devrais aller te coucher, Lucas. Tu as eu une grosse journée! me dit mon père, entre deux gorgées de café.

C'est comme ça qu'il appelle ça, lui: une grosse journée. Il me semble que ça fait une semaine que je n'ai pas dormi, et que la vie s'est arrêtée d'un coup.

Je regarde ma mère. Elle commence à avoir des petits plis autour des yeux. De plus en plus. Je la surprends des fois à les lisser avec ses doigts. Peut-être que mes nuits d'enfance y sont pour quelque chose. J'ai fait tellement d'otites que je m'étonne que mes deux oreilles soient toujours en place.

Je pense que, cette nuit, ça va être mon tour. Il va me pousser des tonnes de rides autour des yeux et demain matin, je vais avoir l'air de mon grand-père.

Pourvu que mes cheveux ne blanchissent pas d'un coup! Il paraît que ça peut arriver après une peur bleue. Et c'est ce que Lili m'a fait.

Mon père se lève et m'embrasse sur les cheveux.

— Merci, mon grand. Sans toi, je ne sais pas ce que Lili serait devenue.

Et il ajoute:

— C'est qui la fille qui était avec toi?

Tous les regards se tournent vers moi. C'est fou comme j'attire leur attention ces temps-ci.

C'est agréable de pouvoir répondre officiellement. Hier, je n'aurais pas osé dire ça, mais vu ce qui s'est passé ce soir...

— C'est ma blonde. Elle m'a aidé pour amener Lili à l'hôpital.

— C'est quoi son nom?

Ils le demandent tous les trois, en même temps. Puis ils rient. Un peu plus, ils se tiendraient les petits doigts serrés sans dire un mot pour faire un voeu. De vrais enfants!!!

Je les regarde et je leur souris. Ils ne sauront rien.

Je joue le grand mystère et je m'en vais dans ma chambre en gardant mon secret. Ils me souhaitent bonne nuit, me remercient encore, n'osent pas insister. J'ai eu une si grosse journée!

Je m'allonge sur mon lit. J'ai l'impression que je n'arriverai plus jamais à me relever d'ici.

Et le fou rire me prend quand je réalise que, malgré tout le temps que j'ai passé avec la fille rousse, je ne lui ai même pas demandé son nom. J'ai complètement oublié.

Je ne sais pas son numéro de téléphone non plus, ni où elle habite. Et je n'en sais pas davantage au sujet des graffiti, de Gros Chien Sale, ni de ce qu'elle fait avec la bande de chiens.

Mais ce n'est pas grave.

Tout ce que je sais, c'est que Lili n'est plus en danger... et que la fille rousse m'a tenu la main longtemps, et qu'elle a les yeux verts, verts, verts. Et je m'endors... tout habillé.

Chapitre 7

Le gars qui suit la fille...
qui suit les chiens

Ou bien j'ai trop dormi ou bien quelqu'un m'a assommé d'un coup de massue pendant que je dormais. Je viens de traverser l'appartement et il me semble que ça m'a pris une bonne demi-heure. Mes pieds pèsent une tonne, et j'ai la tête pleine de coton. J'ai la désagréable impression d'être dans un film d'horreur. Et le héros, en l'occurrence moi, avance au ralenti alors qu'un monstre le poursuit à pas de géant.

Et c'est le silence total dans l'appartement.

Je vais prendre une douche immédiatement, sinon je vais devenir gaga pour le reste de mes jours.

Sous le jet réconfortant de l'eau chaude, les choses me reviennent goutte à goutte. Lili, l'hôpital, la fille rousse.

Tout à coup, un doute m'assaille. Encore tout mouillé, je sors de la douche et je me précipite vers le miroir. Ouf! Je ne me suis pas transformé en Père Noël, et les petits plis autour des yeux, ce n'est pas encore pour aujourd'hui.

J'arrive dans la cuisine et je tombe nez à nez avec ma mère qui revient de faire des courses.

— Ah! tu es enfin debout?

Ma mère m'annonce que j'ai dormi une partie de la journée en plus de la nuit.

— Je n'ai pas osé te réveiller. Il faut croire que tu en avais besoin.

Ma mère me sert trois repas en un seul et m'apprend que Lili a été opérée ce matin très tôt et qu'elle va bien.

La nouvelle me fait sortir définitivement de mon coma.

— J'aurais voulu être là.

— Je sais. Ton père et Suzanne sont encore auprès d'elle. Pour l'instant elle récupère, pauvre petite chouette. Elle voudrait avoir son pyjama à pattes et son vieux toutou. Tu pourras aller la voir demain après l'école et les lui apporter. Le médecin a décidé de la garder un peu plus longtemps pour éviter les complications.

Entre deux bouchées, je lui demande si je n'ai pas eu de messages.

— Ah! pour ça, des messages, il y en a eu! Tes amis te cherchaient. Ils voulaient t'annoncer une grande nouvelle concernant un spectacle que vous pourriez faire dans deux semaines...

— Hein! Ça marche. Wôw!

C'est bien beau, mais on ne peut absolument pas faire de spectacle. Pas dans les conditions actuelles.

J'entends ça d'ici: «Mesdames et messieurs, nous avons l'honneur de vous présenter un groupe de musiciens sans nom... qui ont deux bonnes chansons à leur répertoire, mais personne pour les chanter... et qui en plus n'ont pas eu beaucoup de temps pour répéter.»

— Tu aurais dû me réveiller!

— Tu es drôle, Lucas Berthiaume! Même si j'avais voulu, je n'aurais pas pu. Même le téléphone qui sonnait toutes les cinq minutes ne t'a pas dérangé.

Je demande, mine de rien, qui d'autre a appelé.

On ne sait jamais, la fille rousse a peut-être essayé de me joindre. Ce n'est pas parce que je n'ai pas son numéro de téléphone qu'elle n'a pas trouvé le mien. Elle sait où j'habite.

Déception. Tous les appels concernaient Gros Chien Sale. Le quartier au complet a cru le voir quelque part, mais après description, on n'avait pas vu le bon chien. D'après ma mère, ou sa reproduction est une catastrophe, ou alors il est vraiment perdu.

Mais j'insiste encore...

— Il n'y a pas eu d'autres téléphones?

— Tu ne trouves pas que c'est assez! Avant, Gros Chien Sale prenait toute la place, et depuis qu'il n'est plus là, il prend tout mon temps. Je n'ai pas que ça à faire, répondre au téléphone ou décoder des messages.

— Qu'est-ce que tu veux dire? Quels messages?

Je sais, je ne suis pas vite aujourd'hui... mais il faut me comprendre. Ce n'est pas tous les jours qu'on se retrouve parent... Et moi, ça m'a tué.

Elle m'explique un machin super compliqué sur des graffiti qu'elle a vus tout à l'heure sur le trottoir. Le nom de Gros Chien Sale est tracé en toutes lettres. Le message, si c'en est un, commence devant chez nous et se poursuit un peu plus loin et...

Ça y est, je renais d'un coup. Les lumières s'allument enfin dans mon cerveau. Le sang coule de nouveau dans mes veines. Je roule à ma vitesse normale. J'habite au Québec, je m'appelle Lucas Berthiaume, on est dimanche, Lili est sauvée, et la fille rousse, après m'avoir tenu la main au chaud, me fait encore signe. Youpi!

Je dois avoir l'air d'un zombi qui émerge de sa tombe parce que ma mère me regarde avec des yeux grands comme des pamplemousses.

Je tente de la rassurer, mais je ne crois pas que je réussis vraiment.

— Au revoir, ma petite maman, merci pour les trois repas, c'était délicieux, ne t'inquiète pas, je ne rentrerai pas tard, j'ai de l'école demain, je t'aime, je t'aime. À bientôt, *ciao!*

Et je sors de l'appartement en courant.

Ma mère avait raison, il y a effectivement un message à la craie sur le trottoir.

Je dévale les escaliers en manquant de me tuer.

Flûte! Il commence à faire noir, ce ne sera pas facile à lire. Et en plus, quelques lettres sont effacées. Ça doit faire un certain temps que ça a été écrit, et les gens ont marché dessus.

C'est presque un décodage de hiéro-glyphes. Avec ses messages, elle est *illi-sible,* cette fille! Déjà qu'elle parle sans *ponctuer* et sans reprendre son souffle! Mais... elle me plaît. Maintenant qu'elle a les yeux verts, ça change tout. Oui, je sais, les yeux, elle les avait verts avant, mais moi, je ne les avais jamais vus.

Je lis un mot au hasard. *Voir.* Je veux bien voir, moi. Mais quoi?

Juste à côté, il y a un dessin. Quand on regarde attentivement, ça pourrait avoir l'air d'un dragon... Non, je pense que c'est un chien ou alors...

Disons que le dessin, ce n'est pas sa ma-tière forte. Ça ne me fait rien, la couleur de ses cheveux rachète tout.

Je continue mon chemin vers le coin de la rue.

Il y a un autre bout de phrase plus loin: *ce soir dimanch.* Il manque le *e,* mais c'est sûrement dimanche.

Bon. On est dimanche, c'est le soir. Elle veut que je vienne voir... un chien?

J'avance encore et, rendu au bout du trot-toir, il n'y a plus rien. Très drôle!

Peut-être qu'elle a manqué de craie.

Toujours est-il que j'ai l'air d'un beau nono sur le coin de la rue à attendre les prochains graffiti pour y lire les événements marquants de ma vie.

Je traverse à tout hasard, et sur l'autre trottoir, victoire! le roman continue.

Cette fois-ci, je découvre des chiffres. Il y en a deux, mais ils sont en partie effacés. Ça pourrait être un 0 ou un 8, et un 7 ou un 1.

Elle ne doit pas être forte en mathématiques non plus, cette rousse, mais pour moi, elle compte plus que tout.

Les deux chiffres sont suivis d'un nom: *Germain.* Je ne connais pas de Germain... Il y a bien la rue Germain pas loin...

C'est ça! C'est son adresse. Ou l'adresse d'un rendez-vous. Et comme aucune adresse ne commence par le chiffre 0, alors le premier chiffre, c'est un 8.

Le message m'indique donc un rendez-vous, ce soir dimanche, au 81 ou au 87 de la rue Germain pour voir... Bravo Sherlock Berthiaume!

Je n'ai pas une très longue vie amoureuse derrière moi, pourtant... il y a quand même quelques filles qui m'ont déjà fait signe... mais des signes compliqués comme ça, jamais.

Ça ne fait rien. Cette fille sent tellement bon que je la suivrais... jusqu'au 81 ou 87 de la rue Germain où je me rends de ce pas.

Je marche tout en regardant le trottoir, au cas où le message continuerait.

Et il continue. Chose certaine, elle a de la suite dans les idées.

Il s'agit maintenant d'un dessin d'un groupe de chiens. Bon! ça, ça va, je connais. C'est sans aucun doute la fille rousse avec sa meute de chiens.

Et c'est signé, encore une fois, de la lettre *L*.

L., c'est Elle. Il n'y a plus de doute possible là-dessus. Lili avant son délire me l'a confirmé. Ma fille rousse caramélisée se fait des tresses, promène une meute de chiens et écrit des messages sur les murs et sur les trottoirs.

L.? Lise? Louise? Lucie? Léa? Léa, c'est joli. J'énumère tous les prénoms commençant par la lettre *L,* jusque devant le 81 de la rue Germain. Il n'y a personne, bien sûr. Ç'aurait été trop beau!

Le 87 n'étant pas loin, je peux jeter un coup d'oeil en restant sur place. Je m'assois donc sur les marches et j'attends. J'attends.

Je n'ose pas sonner au 81 ni au 87. Qu'est-ce que je pourrais bien dire...? Euh!... «Bonsoir, je voudrais voir la fille aux cheveux roux. Elle m'a écrit sur le trottoir de venir voir un chien ou un dragon, je ne sais pas trop au juste.» Ridicule!

Alors, je ne bouge pas et j'attends. J'attends.

Finalement, je me déplace et je vais m'asseoir dans les marches du 87.

Mais une série de jappements me font sursauter. Sans même regarder d'où ça provient, je saute en bas des marches et je me cache sous la galerie. Heureusement, c'est assez haut pour moi. Et de là, personne ne peut me voir. Mais moi, je peux voir. En fait, une partie du corps seulement. Les marches m'empêchent de voir la tête, alors que c'est ça l'essentiel.

J'aperçois quelqu'un qui s'approche d'un poteau et y attache plusieurs chiens à l'aide de laisses. Puis la personne monte les marches avec un petit chien brun dans les bras et sonne à la porte.

Je ne vois plus rien, mais j'entends des voix. Je n'arrive pas à comprendre parce que les chiens se mettent tous à hurler dans ma direction en même temps. Pourvu qu'ils ne se détachent pas, sinon je ne suis pas mieux que mort.

La personne redescend. Les mains vides, cette fois.

Comme je n'arrive pas à voir son visage, je ne sais pas si c'est un gars ou une fille. La personne porte des jeans.

Elle se penche et détache les chiens. Elle est de dos... mais tout à coup de lumineux cheveux roux malgré la noirceur glissent devant mes yeux. C'est roux, c'est doux, c'est Elle!

Et à cet instant précis, je me sens complètement idiot. Je ne peux absolument pas sortir de ma cachette. De quoi j'aurais l'air? J'entends ça d'ici: «Allô!... c'est moi.» «Qu'est-ce que tu fais là?» «Euh!... vois-tu, j'ai entendu japper et je me suis caché. J'ai eu peur que ce soit toi!»

Je me contente de l'observer de ma cachette. C'est bien elle. Elle a ses yeux verts... qui regardent un peu partout autour d'elle et elle attend. Elle m'attend. Et moi, comme un beau cave, je suis caché sous la galerie. Lucas Berthiaume, tu es un vrai concombre!

Finalement, elle s'éloigne avec ses chiens,

dans la direction opposée.

Une chose est sûre... les messages disaient juste. Elle se promène avec des chiens-dragons et elle m'attendait bien au 87 de la rue Germain.

Une fois la route libre, je sors de ma cachette, et je suis les jappements.

Je la rattrape deux coins plus loin. Je la suis à distance.

J'ai l'air d'un beau zouave, je suis la fille qui suit les chiens...

Elle continue sa livraison. Il ne lui en reste que trois au bout de leur laisse.

Hier, ça paraissait si simple... Ce soir, ce n'est plus la même histoire. Et il me semble que tout est à recommencer.

Il s'est passé tellement de choses hier. Peut-être que Lili était contagieuse. J'ai attrapé sa fièvre et je me suis enflammé pour une histoire qui n'existe que dans ma tête.

Au moment où je m'y attends le moins, les chiens changent carrément de direction et foncent sur moi. Comme je ne suis qu'à deux pas, ils m'ont vite rejoint. La fille rousse est bien obligée de suivre, ce qui fait qu'on se retrouve tous les deux nez à nez, ficelés par les laisses des chiens qui continuent de tourner autour de nous.

La situation est tellement ridicule qu'on éclate de rire en même temps.

Ouf! Je n'ai pas rêvé. Tout est comme hier. Et, comme hier, on rougit aussi. On ne parle pas plus, on se regarde longuement. Ses yeux verts dans mes yeux bleus.

Comme il est difficile de s'éloigner sans tomber (les chiens nous retiennent bien serrés), on ne bouge pas. Je dois avouer que c'est agréable.

Hier, c'est Lili qui nous a jetés dans les bras l'un de l'autre, ce soir, ce sont les chiens. Peut-être qu'à un moment donné, on le fera sans l'aide de personne.

Cette fille caramel a beaucoup plus d'initiative que moi, puisqu'elle m'embrasse sur la bouche. C'est très court, mais très doux. Et elle me dit au milieu des jappements des chiens:

— Au fait, je m'appelle Lou.

C'est encore plus joli que tout ce que j'avais imaginé.

Puis elle enchaîne avec sa méthode habituelle, sans respirer ni *ponctuer:*

— Je sais j'aurais dû te téléphoner... ç'aurait été plus simple et plus rapide, mais je suis une fille gênée... je ne savais pas comment te parler alors j'ai pensé aux graffiti que tu pourrais lire sur le trottoir... et que peut-être tu aurais envie de venir me voir... je suis une drôle de fille... je sais, mais c'est comme ça... bon.

Là, elle prend le temps de souffler. Moi aussi. Quand elle parle de cette façon-là, je suis subjugué, je fais comme elle, j'arrête de respirer.

On se dégage finalement des laisses, et elle m'explique la suite en marchant avec les chiens, puisqu'elle n'a pas tout à fait terminé sa livraison.

Petit à petit, elle se sent plus en confiance, elle met des virgules et des points, ici et là, dans ses explications ou en répondant à mes questions.

Elle me raconte que l'idée des chiens lui est venue à New York, l'an dernier, quand elle est allée voir son père. Il vit là-bas.

Il paraît qu'il y a beaucoup de jeunes qui se font de l'argent de poche comme ça. Ce n'est pas trop compliqué. Il suffit de promener les chiens des gens qui n'ont pas le temps de le faire.

— Il faut que les maîtres aient confiance en toi parce que tu as la clé de leur appartement. Il y en a qui sont déjà sortis le matin ou pas encore rentrés quand tu vas promener leur chien.

Puis elle m'avoue que ce n'est pas elle qui a volé ou fait disparaître mon chien. Mais qu'elle a sa petite idée là-dessus. C'est d'ailleurs pour m'avertir qu'elle a fait les graffiti.

— Hier soir, j'étais venue pour tout t'expliquer, mais ce n'était pas le moment. Elle s'informe de la santé de Lili. Je lui dis qu'elle s'est fait opérer, et que ça s'est bien passé.

Encore une fois, on ne bouge plus. Mais cette fois-ci, ce n'est pas à cause des chiens qui nous retiennent. On prend l'initiative nous-mêmes.

On commence à aimer ça, se retrouver nez à nez.

Mais le dernier chien ne l'entend pas de la même manière et nous entraîne en avant.

On se dépêche de le ramener chez son maître.

Je propose à Lou d'aller s'asseoir dans le parc.

Elle accepte, mais avant, elle tient absolument à me montrer quelque chose. On retourne donc sur nos pas et on se retrouve devant le 81 de la rue Germain.

— Tu vois la maison au balcon blanc?

Eh bien! je suis convaincue que ton chien s'y trouve.

— Comment ça?

— La femme qui demeure là m'a téléphoné la semaine passée. Elle savait que je promenais des chiens.

Lou ajoute qu'elle a rencontré la dame en question. Elle insistait pour la voir avant de lui confier son chien parce qu'il était très gros, qu'il n'obéissait pas tout le temps et que, vu sa taille, il serait sûrement difficile de le promener avec les autres chiens... mais qu'elle avait besoin de quelqu'un parce que son horaire de travail était compliqué.

— Décrit comme ça, ça pourrait être Gros Chien Sale. Quelle couleur?

— Noir. Je suis sûre que c'est lui. Je l'ai vu assez souvent, ce chien-là.

— Comment ça?

Là, elle rougit. Et elle reprend sa bonne vieille méthode pour parler.

— Bien c'est que je... bien tu... il t'attendait tout le temps après l'école et moi... je t'attendais aussi sans oser te parler... alors c'est comme ça que... j'ai pu l'examiner sur toutes les coutures en t'attendant...

Je lui souris. Et j'enchaîne pour éviter de me mettre à rougir, moi aussi.

— Puis? Est-ce que tu vas accepter l'offre?

— Quand j'ai vu la taille et l'allure du chien, je lui ai dit que j'y penserais. J'ai déjà huit chiens à promener. Ce bétail-là en plus...

Et elle s'excuse en réalisant ce qu'elle vient de dire.

Je la rassure en ajoutant que Gros Chien Sale a l'air d'un troupeau à lui tout seul. Alors, ses dessins de dragons étaient très ressemblants!

— Quel dragon? C'est un chien que j'ai dessiné.

C'est à mon tour de m'excuser.

Là encore, on pouffe de rire. Décidément, cette fille me plaît de plus en plus.

— Je suis sûre que ce chien n'est pas à elle.

— Qu'est-ce qui te fait dire ça? Des Gros Chien Sale, il y en a peut-être plus d'un.

— D'abord, elle m'a annoncé d'une drôle de façon qu'elle avait *hérité* de ce chien. Mais surtout, ce chien ne lui ressemble pas du tout.

— Je ne comprends pas là. C'est quoi l'idée?

— Moi, je suis convaincue que les chiens et les maîtres se ressemblent.

Je la remercie du compliment. Comme ça, Gros Chien Sale me ressemble!

Elle ne se laisse pas démonter et me demande de but en blanc si c'est moi qui ai acheté Gros Chien Sale. Je lui dis qu'on l'a eu en cadeau.

Elle m'explique que, d'après elle, les maîtres choisissent des bêtes qui leur ressemblent et qu'ils ne s'en rendent pas toujours compte.

Elle me cite en exemple M. Labbé qui est aussi court sur pattes que son chien et Mme Francoeur qui a les cheveux frisés mouton comme son caniche. Elle a un livre sur les animaux dans lequel on mentionne cette théorie.

Je désigne la maison.

— Et la femme?

Elle pouffe de rire.

— Ça n'a rien à voir. On dirait un mulot qui aurait adopté un mammouth... Euh!... excuse-moi! Bon. Assez discuté, on y va.

Elle ne me demande même pas mon avis et prend la direction des opérations.

Elle me désigne un bosquet à côté de la galerie et me dit de me cacher derrière. De cette façon, si la dame a volé mon chien, elle ne risque pas de se méfier.

— Moi, je sonne et je vais essayer de faire venir le chien sur la galerie pour que tu le voies.

Elle traverse la rue en courant sans m'attendre. Je me précipite à ses trousses. Je me cache derrière le bosquet qu'elle m'a indiqué. Décidément, c'est ma soirée de cachette.

Elle sonne. Pas de jappements. Gros Chien Sale ne doit pas être dans cette maison. Même la sonnerie du micro-ondes le fait hurler.

La dame vient ouvrir. Mais je n'arrive pas à la voir. Les cèdres sont trop touffus.

— Oui, qu'est-ce que c'est?

— Je viens pour le chien, lui dit Lou.

Je ne sais pas à quoi ça tient... il me semble que j'ai déjà entendu cette voix.

Elles s'entendent sur le tarif et sur l'horaire. Puis elle dit à Lou de l'attendre, qu'elle revient avec une clé.

J'entends la porte qui se referme. J'en profite pour me déplacer. Je me faufile derrière l'autre bosquet qui a l'air moins touffu. De là, je vais mieux voir. Juste à temps, car la porte s'ouvre de nouveau.

La dame reparaît, mais elle est dans la pénombre. Elle tend une clé à Lou, lui demande de ne pas la perdre, et lui dit de passer le lendemain matin pour la promenade.

Cette voix me rappelle quelque chose... mais quoi?

Lou fait une tentative.

— Il n'est pas avec vous, le chien?

— Oui, il est ici. Pourquoi?

Lou ne sait pas quoi répondre.

— Euh!... C'est juste que j'aurais voulu le voir.

— Non. Il fait son gros dodo dans la cave. À demain.

Et au moment où elle referme la porte, je la vois clairement dans la lumière de l'entrée et je reconnais la voix pointue de l'interphone.

C'est elle, c'est la souris. C'est la secrétaire de l'école, Mlle Blanche.

Chapitre 8

La souris et le mammouth

J'attends désespérément que la cloche sonne. C'est long. La classe s'étire, et j'ai des fourmis dans les jambes.

Les lundis matin, ça ne devrait pas exister au calendrier scolaire. Je n'arrive pas à me concentrer sur quoi que ce soit.

Du fond de la classe, Bobby me fait des signes, très peu discrets, d'ailleurs. Toutes ces simagrées pour me dire qu'on va manger ensemble à la cafétéria ce midi.

Je suis bien entouré. J'aime une fille qui communique avec moi en me laissant des messages sur les trottoirs, et mon meilleur ami me parle avec ses mains.

Si j'ai bien compris, le groupe de musique y sera au complet, on va discuter du spectacle qu'on doit faire et en plus, on aura des spaghetti assaisonnés, au menu de la cafétéria.

Il a même été jusqu'à ajouter le poivre et

les épices. Il est très fort. Bobby, je veux dire. Le plat de spaghetti, je ne sais pas, je n'y ai pas encore goûté.

Tout ce cirque, qui a sûrement pris quinze minutes de notre attention, parce que je ne comprends pas toujours les signes de Bobby, aurait dû nous valoir une expulsion de la classe.

Eh non! Paul Giguère est bien tolérant, cet avant-midi. C'est pourtant tout ce que j'ai essayé depuis le matin, me faire expulser de la classe.

C'est le seul moyen que j'ai trouvé de me rendre au secrétariat où je pourrai voir Mlle Blanche de plus près et essayer d'obtenir un indice.

La cloche de la fin du cours résonne enfin. Bobby m'attrape par le bras.

— Puis?

— Puis quoi?

Tout à coup, il se met à douter de son *système de messagerie.*

— Tu as tout compris?

— Oui, mon Bobby.

J'éternue exprès en lui disant que c'est à cause du poivre.

Bobby est très content. Il arbore le petit sourire satisfait de quelqu'un qui vient de faire un numéro très réussi.

Je lui demande d'aller m'attendre à la cafétéria parce que j'ai quelque chose à régler avant. Il veut savoir de quoi il s'agit. Je lui dis que je le mettrai au courant tout à l'heure.

Je me retrouve dans le brouhaha de la sortie des classes. Je me faufile entre les élèves pour rejoindre Lou qui m'attend devant sa classe, et on descend l'escalier qui mène à la cafétéria.

Je suis bien obligé de lui avouer que je n'ai pas réussi à me faire expulser de la classe.

Dans son cas, ça a marché. Elle est allée au bureau de la direction deux fois. D'abord, ce matin, parce qu'elle est arrivée en retard exprès. Et une deuxième fois, pour indiscipline en classe. Elle a même hérité d'une punition: six pages de géographie à copier.

— Je te retiens, Lucas Berthiaume. Tu vas m'en faire la moitié.

— Oui, oui, promis. Puis?

Lou a tout fait ça pour rien parce qu'elle n'a pas réussi à voir Mlle Blanche au moment où elle est allée au secrétariat. Mais on se rassure. La souris est bien dans l'école, puisqu'on a reconnu sa voix pointue à l'interphone, tout à l'heure.

Notre problème numéro un n'est pas résolu. Comme, Lou et moi, on avait l'intention d'aller chez la souris pendant l'heure du midi pour voir le chien, on espérait savoir, en se rendant au secrétariat, si elle mangeait à l'école ou chez elle, puisque sa maison est à deux pas.

Mais cette fille a réponse à tout. Si on se fait surprendre, Lou pourra toujours dire qu'elle vient pour promener le chien, même si elle l'a déjà fait ce matin. Et moi, que je l'accompagne tout simplement. C'est simple comme bonjour.

Mais ma nature inquiète reprend le dessus.

— C'est dangereux. Ça nous prendrait de l'aide. À deux, on n'y arrivera jamais.

— Écoute, j'ai une idée. Est-ce que tu manges à la cafétéria?

Lou ne peut pas, puisqu'elle doit promener les chiens. Elle mange son casse-croûte dans le parc.

Comme ça lui prend un peu plus d'une heure, moi, ça me laisse amplement le temps de manger et d'organiser la suite.

On se donne donc rendez-vous devant la

maison de la souris pour aller voir de plus près à quoi ressemble son chien... qui est tout probablement le mien.

Au moment où on se quitte devant l'entrée principale, je la retiens par la manche.

— Tu es jolie aujourd'hui.

— Merci, je le savais.

Et elle s'en va en riant. Elle n'arrête pas de m'étonner, cette Lou.

Pour aller plus vite, je passe avant tout le monde dans la file de la cafétéria en disant que c'est une question d'urgence. Bobby a déjà réservé une table et m'attend avec Gégé et Alex.

On parle de la bonne nouvelle. L'école nous propose de faire partie du spectacle de fin d'année. Normalement, c'est Les Bons à Rien qui devaient en faire partie, mais ils jugent qu'ils ne sont pas assez prêts.

Je cesse d'enrouler mes spaghetti autour de ma fourchette.

— Et nous alors? On n'a pas de nom, pas de chanteuse, et seulement deux chansons à notre répertoire.

Bobby intervient.

— On a deux chansons, mais elles sont bonnes; un nom ça se trouve en une soirée, et pour la chanteuse, eh bien! il faut se dépêcher d'en trouver une. Si on n'y arrive pas, c'est moi qui chanterai.

— Ah non!

On a tous protesté en même temps. Pauvre Bobby.

— Je sais, je sais. Je suis plus efficace la bouche fermée.

On regarde le fond de notre assiette en réfléchissant. Ce n'est pas facile dans la sauce tomate, mais... comme il faut donner notre réponse demain, on se force les méninges.

Bobby revient à la charge.

— Les gars, c'est la chance de notre vie. On attend ça depuis longtemps. On a deux semaines devant nous. On ne peut pas reculer.

Alex intervient à son tour.

— Les Bons à Rien le font bien, eux.

— Mais les Bons à Rien...

Et on poursuit la phrase de Bobby en choeur:

— ... sont des bons à rien.

Cette blague nous fait toujours rire autant.

Je trouve que mes amis sont formidables. D'un seul regard, on sait que la décision est prise et qu'on réglera les problèmes plus tard.

On joint nos mains en signe d'assentiment, au-dessus des restes de spaghetti. Et, bien entendu, on sera les meilleurs.

On termine notre repas dans l'euphorie la plus complète. Tout le monde y va d'un nom ou d'une proposition pour la chanteuse, ainsi que des suggestions plus farfelues les unes que les autres pour notre costume de scène.

Pendant ce temps, je surveille l'heure à ma montre.

— Les gars, j'ai besoin de votre aide.

Je leur explique en long et en large les événements des jours passés. Je leur parle de Lili, mais surtout de la souris et de Gros Chien Sale.

Je suis bien obligé de mentionner l'intervention de Lou. Je n'entre pas dans les détails personnels, mais je dois montrer un certain enthousiasme en parlant de la fille rousse parce que les gars ne sont pas dupes. Ils approuvent avec quelques sifflements admiratifs et quelques blagues au sujet de «Lucas gaga de Lou Roux».

Je réussis quand même à leur dire en quoi consiste le plan que j'ai élaboré avec elle. Alex se propose de venir faire le guet devant la maison pendant que j'y serai avec Lou. Et Bobby et Gégé vont s'occuper de Mlle Blanche durant son heure de repas.

Je préviens quand même Bobby de sa mission délicate.

— Vas-y mollo. Il ne faut pas qu'elle se doute de quelque chose, sinon je ne pourrai jamais récupérer Gros Chien Sale.

— Fais-moi confiance, *man*. Je connais la psychologie des souris, j'en ai élevé plus d'une vingtaine quand j'étais jeune.

Alex lui demande, intrigué, pourquoi autant de souris. Et Bobby nous répond le plus naïvement du monde qu'il en avait seulement une à la fois, mais qu'il la remplaçait souvent parce que ses souris mouraient toutes les unes après les autres... Rassurant.

On se rend quand même au secrétariat. Et, sous prétexte de quelques détails à vérifier au sujet du spectacle, Gégé et Bobby demandent à parler à Mlle Blanche. On a de la chance, c'est elle qui assure la permanence durant l'heure du repas.

C'est donc en toute sécurité qu'Alex et moi, on fonce au 81 de la rue Germain.

On doit attendre Lou qui arrive quelques

instants plus tard, en courant.

Alex se poste de l'autre côté de la rue.

Lou et moi, on entre dans la maison. On a beau avoir la clé, on n'en mène pas large. C'est bien la première fois que je me trouve dans une pareille situation et la dernière, j'espère.

On passe le vestibule et, au moment où on entre dans la pièce principale, on entend une voix de souris. On reste figés comme deux blocs de glace. Lou me tient la main et me fait signe de ne pas bouger. Même si je voulais, je ne pourrais pas. Je suis cloué de peur.

Puis on entend un long bip! qui nous rassure immédiatement. C'était le répondeur.

Une fois rassurée, Lou siffle doucement pour appeler Gros Chien Sale.

Mais aucun chien ne se montre le museau. Lou me donne un coup de coude pour que j'essaie à mon tour. J'appelle donc Gros Chien Sale un peu plus fort. Sait-on jamais... la voix du maître!?!

On entend alors un bruit d'enfer en provenance de la cave, comme si une locomotive montait l'escalier, puis des jappements à réveiller les morts.

Je n'ose pas ouvrir la porte de la cave. Et si ce chien, qui n'est peut-être pas le mien, était méchant. Lou se décide quand même à tourner la poignée de la porte le plus doucement possible, mais elle n'arrive pas à la retenir, la poussée est trop forte de l'autre côté.

J'ai beau l'aider de mon mieux, il n'y a rien à faire. Un monstre velu me saute dessus et me précipite sur le plancher.

J'étouffe parce que le chien est étendu de tout son long sur moi, et je n'arrive pas à le voir parce que j'ai du poil partout sur le visage.

Mais je n'ai pas besoin de mes yeux pour savoir de qui il s'agit quand l'énorme langue de la bête me lèche le visage de haut en bas.

Ce mammouth qui fonce comme une locomotive, qui jappe comme un fou, qui bave comme un volcan en éruption, qui pèse deux tonnes, qui ne sent pas très bon et surtout qui m'empêche de respirer, c'est bien un gros chien sale. Mon Gros Chien Sale.

— Ça va, Lucas? Ça va?

Je réussis à me dégager un peu.

— C'est lui.

Lou m'aide à m'enlever de sous le chien qui, lui, continue à me lécher, à japper et à bondir. Il est tellement content que sa queue bat allègrement dans tous les sens, et c'est de nouveau la catastrophe.

Il accroche une potiche sur un petit guéridon et la fait tomber. Le sang nous glace dans les veines. Je fais de mon mieux pour calmer le chien qui est complètement fou de m'avoir retrouvé, et Lou s'apprête à ramasser les morceaux de porcelaine.

Je l'arrête à temps.

— Ne fais pas ça. La souris va savoir que quelqu'un est entré ici si tu nettoies. Laisse ça comme ça. Elle va penser que le chien a ouvert la porte de la cave tout seul, et ça va passer pour une gaffe de Gros Chien Sale.

Gros Chien Sale me regarde avec ses grands yeux noyés dans l'eau.

— Excuse-moi, mon vieux, mais on n'a pas le choix.

J'aurais envie de l'emmencr tout de suite. Mais je sais que je ne peux pas faire ça.

Avant tout, il faut sortir d'ici parce qu'Alex va s'inquiéter. Après, je trouverai une solution pour reprendre le chien.

Je caresse Gros Chien Sale, et on sort le plus rapidement possible. On a toutes les misères du monde à le repousser derrière la porte parce qu'il veut me suivre, c'est évident, et une fois dehors on entend ses hurlements épouvantables. On dirait que quelqu'un est en train de l'égorger.

Pourvu que personne ne nous dénonce à la Société protectrice des animaux.

Alex nous rejoint, et on file, laissant derrière nous Gros Chien Sale qui continue sa plainte de loup-garou un soir de pleine lune.

On se sépare devant nos classes respectives.

Avant le début du cours de maths, Bobby a eu le temps de me donner quelques détails sur son enquête auprès de la souris. Elle lui a avoué avoir adopté un chien qu'elle avait trouvé.

La suite, il me l'a mimée parce que le prof avait commencé ses explications.

Elle l'appelle son bébé. On n'a plus les bébés qu'on avait!

Et c'est là que je me suis fait attraper par le prof. J'ai écopé d'une retenue pour avoir dérangé. Et Bobby s'en sort indemne, encore une fois.

Ce n'est pas juste. Et c'est trop tard. C'est ce matin que j'avais besoin de me retrouver au secrétariat. Pas après les cours.

Et je n'ai absolument pas le temps d'être en retenue! J'ai la moitié de la punition de Lou à faire en plus de mes devoirs, on doit répéter si on veut participer au spectacle, il faut que je trouve une solution pour récupérer Gros Chien Sale et, pour finir, j'ai promis d'aller voir Lili à l'hôpital. Il y a des jours!!!

Et tout ça à cause d'une souris qui est tombée amoureuse d'un gros mammouth...!

Gros Chien Sale, tu commences drôlement à me compliquer l'existence!

Chapitre 9

Des surprises
pour tout le monde

La journée s'est étirée en longueur. Et la retenue n'en finissait plus de finir.

Quand j'ai enfin été libéré, j'ai salué Mlle Souris-Blanche avant de partir. Elle, elle a l'air en retenue tous les jours de l'année dans sa cage de verre.

J'ai failli lui réclamer mon chien. Mais je n'ai pas osé.

Et puis je me rends compte que, moi aussi, je me suis attaché à ce gros monstre, quoi que j'en dise. Si je l'abandonnais maintenant, c'est une partie de mon enfance qui s'envolerait d'un coup.

À la sortie de l'école, Lou m'attend à la place habituelle de Gros Chien Sale.

Elle a décidé de m'accompagner à l'hôpital, puisqu'elle a terminé sa mission auprès des chiens. Il paraît que Gros Chien Sale avait l'air bien piteux. Mais au moins, il ne hurlait plus comme ce midi.

On passe d'abord par la maison, et je prends le fameux pyjama à pattes avec des *sschiens ssausscissses desssus*. Sans oublier son toutou préféré qui ressemble beaucoup plus à une vieille pantoufle ébouriffée, genre chenille-à-poil, qu'à un animal en peluche.

D'ailleurs, je n'arrive pas à me souvenir quel genre de bibite c'était avant. Il faut dire que ses nombreux passages dans la laveuse ne l'ont guère amélioré. Mais que voulez-vous, Lili l'aime et arrive difficilement à s'en passer.

Pendant le trajet en autobus, on fait la punition de Lou. L'écriture est un peu croche, mais bon... ça devrait passer.

On se regarde encore du coin de l'oeil... on ne se connaît pas beaucoup. Puis on se sourit ou on éclate de rire carrément, en même temps.

On n'en revient pas de ce qui nous arrive.

On est enfin rendus à l'hôpital. On traverse de longs couloirs tout blancs avant d'arriver dans une salle pleine d'enfants qui n'en mènent pas large.

On aperçoit Lili couchée dans son petit lit aux barreaux remontés. Elle regarde au-dessus d'elle et a l'air de compter des mouches qui n'existent pas.

Je pense que les Gros Chien Sale, les Mlles Souris-Blanche et les petites Lili ne devraient pas être enfermés dans des cages. Ils perdent leur couleur et semblent rapetisser.

Ce n'est pas le cas de Gros Chien Sale, mais lui, il hurle deux fois plus, pour compenser.

Lili me reconnaît de loin. Elle bondit dans son lit comme une sauterelle. Elle me serre fort, fort, on dirait qu'elle ne m'a pas vu depuis des siècles. Elle me donne tout plein de becs mouillés. Décidément, c'est ma journée.

Elle attrape Lou et lui en fait presque autant.

Une fois les effusions terminées, je lui donne le sac contenant son pyjama et son toutou.

— *Mon pyjjama à sschiens ssau-sscissses et mon sschinsschilla.*

— Ton quoi?

Elle me répond:

— *Mon sschinsschilla. Tu ssais pas ssc'est quoi, un sschinsschilla? Qu'esst-ssce que tu apprends à ton école? Un sschin-sschilla, ssc'est une tite bête avec du poil lissse, lissse et doux, doux. Toussche.*

Elle me force à caresser la masse informe en peluche. Elle ajoute que certaines personnes font des manteaux avec le *sschinsschilla*, mais qu'elle préfère en faire son ami.

Lou me regarde avec un sourire entendu.

Le sujet *sschinsschilla* est clos. Avec Lili, il n'y a pas de revenez-y.

Je suis content de la revoir. Drôle de petite bonne femme.

Lili nous explique toutes les horreurs qu'on lui a fait subir. D'abord, l'affreuse piqûre au bout du doigt pour prélever son sang, puis l'autre, pour l'endormir avant l'opération.

Elle parle aussi de tous ces enfants qui pleurent sans arrêt et des *jjaquettes obligatoires* où on voit les *ffessses qui dépasssent.*

En un mot, elle n'en peut plus, elle ne veut qu'une chose, rentrer à la maison. Elle est en *ssuper, ssuper* forme. Dire qu'il y a deux jours, je l'ai crue mourante. C'est incroyable comme ça récupère vite, ces petites personnes-là.

— Lili, on a une bonne nouvelle pour toi.

Je laisse la parole à Lou, après tout c'est

grâce à elle...

— On a retrouvé Gros Chien Sale.

Lili bondit de nouveau dans son lit et veut le voir sur-le-champ.

Je lui explique qu'on ne l'a pas emmené parce que les chiens ne peuvent pas entrer dans les hôpitaux. En fait, je ne sais vraiment pas quoi lui dire. Heureusement, Lou me sort de là.

— C'est une dame qui s'en occupe pour l'instant. Quand tu vas retourner chez toi, lui aussi, il va revenir à la maison.

À l'entendre, Lili est prête à sortir immédiatement. Mais une infirmière qui s'approche de son lit n'a pas la même opinion sur son congé éventuel.

— Si tu continues à sauter comme ça, tu ne guériras pas et tu vas être obligée de rester plus longtemps avec nous.

— *Jje veux pas, jje veux pas... Jje veux retrouver Gros Sschien Ssale.*

Les médecins lui ont enlevé les amygdales, à notre petite Lili, mais pas son tempérament.

L'infirmière lui demande d'être sage, puisque la surprise arrivera bientôt.

Une musique qui vient du fond de la salle attire notre attention. C'est la surprise. Un bouffon fait apparaître des objets en les tirant de sa manche. Il s'approche des lits des enfants et leur fait cadeau de fleurs en papier, de balles et de petits objets.

Un autre joue de la mandoline. Les enfants ont la bouche et les yeux grands ouverts, tellement ils sont impressionnés.

Le clown magicien continue sa tournée dans toute la salle, tandis que l'autre s'approche du lit de Lili et s'installe à côté d'elle pour lui chanter une petite ritournelle.

Les enfants sont ravis. Et nous aussi.

À la fin de la chanson, Lili lui saute au cou.

— Papa. Mon petit papa... tu es venu.

Et elle le mitraille de baisers. Une partie du maquillage blanc de mon père se retrouve sur les joues de Lili.

Le petit garçon dans le lit voisin me tire alors par la manche.

— Pourquoi elle l'appelle son papa? Ça se peut pas. Un papa, c'est pas un clown.

Je ne sais pas quoi lui répondre. Je n'ose pas lui dire que ce clown est aussi mon père. Et que c'est parfois gênant d'avoir un père comme lui. Il y a tellement de fois où ça m'aurait moins dérangé qu'il soit médecin ou camionneur, ou même professeur.

Tout, sauf clown.

Mais pas aujourd'hui. Je me sens fier de lui. Il n'y a qu'à regarder les petits yeux qui brillent.

Mon père clown s'éloigne vers un autre enfant, et son partenaire continue sa distribution de cadeaux.

Lili boude, assise au fond du lit. Papa exécute une nouvelle mélodie à la mandoline.

Lou, qui s'est approchée de Lili, commence à fredonner pour elle. D'abord elle chante tout bas, puis sa voix prend de l'ampleur.

Je reste là, les bras ballants... je n'en crois pas mes oreilles. C'est la plus jolie voix que j'ai entendue de toute ma vie. D'ailleurs, toutes les petites têtes se sont levées et regardent dans sa direction.

Elle a une voix chaude et douce, un peu jazzée aussi. Pour s'amuser, mon père fait des variations sur son instrument, et Lou l'accompagne comme si elle avait toujours fait ça.

Tous les enfants, enfin ceux qui le peuvent, sortent de leur lit et nous entourent. Le petit estropié du lit voisin danse dans l'allée.

Et bien sûr, Lili est aux anges.

La chanson se termine dans un tonnerre d'applaudissements. Lou rougit comme jamais, mais je crois qu'elle est contente. Tous ces sourires sont pour elle.

L'infirmière vient recoucher son petit monde.

Mon père regarde Lou avec insistance.

— C'est elle, ta blonde? Jolie voix et jolis yeux.

Je suis bien obligé de la lui présenter. Mais ça me fait drôle... j'aurais préféré qu'elle rencontre mon père dans son état normal. Sans son déguisement, je veux dire.

Ça ne semble pas la déranger; la preuve, elle constate qu'on a un air de famille, le nez surtout. Ah! Ah! Ah! Très drôle.

Mon père embrasse Lili, la borde.

— Ça ne sera plus très long, ma Lili. Je viens te chercher demain. Fini l'hôpital. Mais pour ça, il faut que tu sois bien sage.

Et il ajoute avec un clin d'oeil qu'il a rempli le réfrigérateur de crème glacée de toutes les sortes, et qu'elle va pouvoir se régaler.

Elle continue de bouder un peu pour la forme. Au moment de partir, elle me dit:

— *Ssc'est ssça! Laissse-moi toute sseule.*

— Tu n'es pas toute seule, Lili, tu as ton *sschinsschilla*.

Elle l'avait oublié, celui-là. Elle serre dans ses bras le peu qui reste de la bête en peluche et ferme les yeux.

Dans l'ascenseur, je raconte à mon père les aventures de Gros Chien Sale. Et je lui demande s'il a une idée pour qu'on le récupère sans trop de difficulté.

Mon père adore dresser la liste des solutions qu'on peut apporter aux problèmes. À l'entendre, tout peut se résoudre, il suffit de trouver comment.

Il commence sa liste en éliminant déjà la première solution. Lou aurait pu faire semblant de perdre le chien. Gros Chien Sale est bien assez fort pour casser sa laisse. Mais ce n'était pas une bonne idée parce que Lou aurait pu être accusée de négligence et perdre son travail.

La deuxième solution? Retourner récupérer Gros Chien Sale carrément chez Mlle Blanche pendant qu'elle n'y est pas. Mais cette fois, Lou aurait pu être accusée d'enlèvement, puisqu'elle est la seule à posséder la clé.

Je suis déjà prêt à abandonner. Mais mon père nous donne la troisième solution qui, d'après lui, est la plus raisonnable. Pourquoi ne pas aller sonner chez Mlle Blanche et lui demander simplement de me redonner le chien? Après tout, ce chien n'est pas à elle.

Expliqué de cette façon-là, ça paraît simple. Encore faut-il avoir le courage de le faire.

Mon père est très fort avec ses solutions, mais je sais qu'il va me laisser me débrouiller seul avec mon problème. Après ça, on dira que la vie d'un adolescent, c'est de tout repos.

Lou et moi, on se retrouve donc devant le 81 de la rue Germain. Je n'ose pas sonner. J'ai horreur de ces situations et je n'aime pas faire de la peine à quelqu'un.

Elle me prend par la main et m'entraîne vers le balcon. Mais elle est nerveuse, elle aussi, parce qu'elle se remet à parler sans respirer.

— Je vais t'attendre ici... tout seul, tu obtiendras plus facilement des explications... J'aime autant qu'elle ne sache pas que j'ai été mêlée à cette histoire... sonne.

Je sonne. Un deuxième coup. Ouf! Il n'y a personne. Je suis déjà prêt à partir... quand la porte s'ouvre... sur Mlle Blanche.

— Oui. C'est à quel sujet?

Je n'ai pas besoin de répondre. Gros Chien Sale fonce comme un fou et se précipite sur moi. La séance de léchage reprend de plus belle. Et Mlle Blanche comprend que je suis le maître du monstre poilu.

Elle m'a fait rentrer chez elle pour qu'on s'explique. Et je suis reparti une demi-heure plus tard avec Gros Chien Sale à mes côtés.

Elle lui a fait tout plein de saluts sur le balcon. Elle se console parce qu'elle pourra le voir tous les jours quand il viendra m'attendre à la sortie des cours.

Lou m'attend au coin de la rue.

— Puis? Ça n'a pas été trop dur?

Je fais signe que non. Je souris.

— Où elle l'a trouvé, Gros Chien Sale?

— Devant l'école.

— Comment ça? Tu m'as dit qu'il t'attendait toujours à la fin des cours.

J'éclate de rire et je caresse la grosse tête de mon chien.

— Dans le fond, il n'est pas si bête, ce Gros Chien Sale.

Je lui raconte ce qui s'est passé. Le jour où Gros Chien Sale a disparu... c'était un lundi. Et il s'est rendu à l'école comme d'habitude. Mais la veille, on avait changé l'heure comme on le fait chaque printemps, en avançant les horloges d'une heure.

Et ça, Gros Chien Sale ne pouvait pas le savoir. Si on change les aiguilles de place dans sa grosse tête, ça ne sonne plus pareil. Quand il est venu à l'école à son heure habituelle, moi, je n'y étais déjà plus. Il était en retard d'une heure.

Et comme Mlle Blanche finit après nous, elle l'a trouvé sur le trottoir. Elle a pensé qu'il était perdu... et elle l'a amené chez elle. Et lui, bien sûr, il l'a simplement suivie, en gros chien nono qu'il est.

Tout content, Gros Chien Nono marche à côté de nous pendant que Lou et moi, on se tient par la main.

Je l'embrasse sur la joue et je lui dis merci.

— Sans toi, je n'aurais jamais retrouvé Gros Chien Sale. Et sans toi, je n'aurais pas de blonde rousse.

Elle rit. Elle est belle quand elle rit, avec ses yeux verts, verts.

— Je la prends par la main.

— Viens.

— Où ça?

— C'est une surprise.

Lou veut savoir où on va, mais je ne lui

dis rien.

On monte les six étages avec Gros Chien Sale à nos trousses.

Pour l'instant, je ne prendrai pas le risque de le laisser seul dehors ou alors je vais lui apprendre à lire l'heure.

J'ouvre la porte du local. Gros Tas de Poils se précipite dans la pièce en se faufilant entre les instruments.

— Tu as retrouvé Gros Chien Sale!

Les amis sont contents. Lou me demande quelle est la surprise. Et je lui apprends que c'est elle.

Elle ne comprend rien à rien. Gégé, Alex et Bobby non plus.

Je savoure l'effet que je vais produire et je leur annonce:

— Les gars, je vous présente Lou... la chanteuse du groupe.

— Hein?

Je ne saurais dire qui est le plus surpris, Lou ou les gars?

En une seule journée, j'ai retrouvé mon Gros Chien Sale, ma petite Lili bien en vie, et déniché une chanteuse. Il ne nous manque qu'un nom pour notre groupe.

Comme si c'était facile!

Chapitre 10

Derrière le rideau...

Les jours qui ont suivi, on a repris la routine habituelle: l'école, les travaux et Gros Chien Sale, fidèle à son rendez-vous quotidien...

Comme on ne change l'heure qu'à l'automne, il ne risque pas de se perdre pour l'instant. Quand ça sera le temps, je vais l'enfermer jusqu'à ce qu'il s'habitue au nouveau *décalage horaire*.

Ma mère est contente, elle trouve qu'il nous écoute davantage. Je crois que son séjour chez la souris lui a fait peur parce qu'il ne nous lâche pas d'une semelle. Donc, il est aussi fatigant qu'avant. Et il bave autant. Mais bon, c'est notre Gros Chien Sale baveux, et on ne le changera pas de sitôt.

La souris a pourtant essayé. Elle a tenté par tous les moyens de lui apprendre des trucs. Mais elle a vite renoncé.

Elle m'a raconté qu'elle a essayé pendant une semaine de lui apprendre à se mettre debout sur ses pattes arrière en lui tendant des biscuits. Mais c'était peine perdue. Ou bien il tombait à la renverse parce qu'il est trop gros... ou bien il avalait la boîte de biscuits en entier avant qu'elle ait le temps de lui en tendre un seul.

Elle y a renoncé le jour où il a avalé sa bague en même temps que le biscuit. Sa bague qu'elle n'a pas récupérée, il va sans dire.

Mais comme elle s'est découvert une passion folle pour les chiens, elle s'en est offert un.

Et je dois reconnaître ici que la théorie de Lou sur les maîtres et leur animal préféré s'avère juste.

La souris a trouvé une espèce de mélange de pékinois-chien barbet. Il est minuscule, tout blanc, il a le museau pointu, pointu et il jappe avec une voix aiguë, aiguë.

Et Lili est complètement guérie. Elle vient faire son tour aussi souvent qu'avant. Mais on a dû couper les séances de bacon au micro-ondes pour quelque temps... Et les gâteries également. Elle a tellement mangé de crème glacée après son opération que sa mère a dû la mettre au régime.

Et bien *ssûr ssça ne ffait pas sson af-ffaire, elle sse plaint ssans arrêt* et continue à dire: *Ssc'est pas jjusste! Ssc'est pas jjusste!*

Nous, on a répété tous les soirs. Et les samedis et les dimanches. Et dans le sous-sol chez Alex quand on ne pouvait pas avoir le local.

J'ai les babines en feu à force de jouer du saxophone. Et aussi, je dois l'avouer, à force d'embrasser Lou.

Lou, c'est le genre de musique que je préfère...

Je suis obligé de me battre pour l'avoir un peu à moi. Les gars en sont fous. Ils ne savent plus quoi inventer pour attirer son attention. C'est Bobby qui réussit le mieux. Il la fait mourir de rire. Il faut dire qu'elle est géniale, cette fille.

On a ajouté une chanson à notre gros ré-pertoire de deux. C'est pour elle. C'est moi qui l'ai écrite. Ça parle de graffiti sur les murs... d'automne en plein printemps... de coeur qui bat roux. Ça s'appelle *La fille caramel.*

Et bien sûr on a changé de nom cent cin-quante fois et on a changé de look aussi souvent, sinon plus.

Là, on est tous habillés en noir de la tête aux pieds. Lou a ses petites tresses.

Et on fait les cent pas dans le couloir.

Le spectacle est déjà commencé depuis une heure, et c'est notre tour dans dix minutes. Le clou du spectacle, c'est nous.

Je suis mort de trac. On n'aurait jamais dû accepter.

J'aurais envie de faire comme mon chien et de me tromper d'heure, de suivre n'importe qui sur le trottoir et de m'en aller en jappant.

Alex n'arrête pas de bouger les mains pour réchauffer ses poignets... Il fait craquer ses doigts. Ça fait un bruit de biscuits soda écrasés. Il est en train de me rendre fou.

Bobby nous fait des signes toutes les deux minutes et il s'en va aux toilettes en courant. Gégé est étendu de tout son long et il fait des exercices de respiration. Une baleine ne ferait pas plus de bruit.

Et Lou continue de tresser ses cheveux. Ça la calme, il paraît. Je vais me laisser pousser les cheveux pour pouvoir en faire autant, la prochaine fois.

Et moi, je n'en mène pas large. J'ai de la difficulté à trouver mon souffle. Je n'en aurai jamais assez pour souffler dans mon saxophone. Ça va être la catastrophe. J'ai chaud, j'ai froid et je demande l'heure toutes les deux secondes.

Tout à l'heure, j'ai eu le malheur de regarder par la fente du rideau. Je n'aurais jamais dû faire ça. J'ai vu tout mon monde.

Nicole, Suzanne et mon père. Par chance, il a pris le temps d'enlever son costume de scène.

Tiens, c'est exactement ce que ça me prendrait en ce moment. Je crois qu'un déguisement d'homme invisible m'irait comme un gant.

Ma classe est là au grand complet. Même la souris assiste au spectacle.

Un groupe de comédiens envahit la coulisse. Il a terminé son numéro.

C'est à nous.

On s'approche comme cinq somnambules. Le maître de cérémonie va nous présenter.

Lou me tient la main très fort. Elle m'embrasse pour me donner du courage.

— Je t'aime, Lucas Berthiaume.

Son baiser roux très doux me fait un bien fou.

Ça y est. Comme un coureur au fil d'arrivée. On s'installe à nos instruments. Le trac est tombé. Bobby lève son pouce en signe d'encouragement. On répond à son geste. Je fais un clin d'oeil à Lou.

Et c'est là que j'aperçois au premier rang petite Lili avec une centaine de tresses sur la tête. Elle ressemble à son *sschinsschilla*. Elle me fait de grands signes avec ses bras:

— *Lucass, Lucass...*

Et elle m'envoie tout plein de becs comme une groupie.

Et on entend le présentateur annoncer:

— Et voici maintenant le groupe que vous attendiez tous. Il a un nom bien particulier. Mesdames et messieurs, voici... Gros Chien Sale.

Table des matières

Achevé d'imprimer
sur les presses de Litho Acme Inc.
3e trimestre 1991